HAMSUN · DIE KÖNIGIN VON SABA

Knut Hamsun

Die Königin von Saba

und andere Novellen

Langen Müller

Nach der Übersetzung von Ernst Brausewetter

Schutzumschlag nach einer Vorlage von
Olaf Gulbransson
Printed in Germany 1974
ISBN 3-7844-1553-9

Inhaltsverzeichnis

Die Königin von Saba

1

Man reist ein wenig umher, man irrt von Ort zu Ort, und man trifft durch Schicksalsfügung Menschen immer wieder, die man früher einmal gesehen hat, begegnet ihnen plötzlich, an unerwarteten Stellen, so daß man vor Überraschung ganz vergißt, den Hut abzunehmen und zu grüßen.

So geht es mir oft, ja sehr oft. Dabei ist gar nichts zu machen.

Was mir 1888 widerfuhr, steht in merkwürdigem Zusammenhange mit einem Erlebnis von heuer, vor nun kaum einer Woche, bei einer kleinen Reise nach Schweden. Es ist eine ganz einfache und verständliche Geschichte, alles ist ganz schlicht vor sich gegangen: vielleicht ist sie nicht einmal wert, daß man sie erzählt. Aber ich will doch versuchen, es zu tun, so gut ich es vermag.

Du fragtest, als wir das letztemal beisammen waren . . . ja, du entsinnst dich wohl selbst, wonach du fragtest, so daß ich es dir nicht zu wiederholen brauche. Aber ich antwortete damals, daß es mir niemals etwas geholfen habe, wieviel ich auch versucht hätte, es sei immer etwas dazwischengekommen, ich sei zurückgewiesen, vor die Tür gesetzt worden. Und ich lüge nicht, ich werde es dir beweisen, daß es wahr ist; so nah, wie dieses letzte Mal bin ich noch niemals daran gewesen, und doch wurde ich so nett vor die Tür gesetzt. Dabei ist nichts zu machen.

Im Jahre 1888 bekam ich Geld zu einem Ausflug irgendwohin – ich erzähle es ganz, wie es ist. Ich fuhr nach Schweden hinüber und wanderte frohen Mutes an der Eisenbahn entlang, während Zug auf Zug jeden Tag an mir vorbeijagte. Ich traf auch viele Menschen, und alle diese Menschen grüßten mich, sie sagten grüß Gott, und ich sagte auch grüß Gott, weil ich nichts anderes zu antworten wußte. Als ich nach Göteborg kam, war mein erstes Paar Schuhe kläglich zerrissen, aber davon rede ich nicht.

Bereits bevor ich nach Göteborg kam, trat das Ereignis ein, von dem ich berichten will. Was meinst du: Wenn eine Dame dir durch ein Fenster einen Blick zuwirft und später keine Notiz von dir nimmt, dann läßt du es gehen und knüpfst keine Vermutungen daran. Du müßtest ein Narr sein, wenn du dir nach so einem einzigen armseligen Blick etwas einbildetest. Aber wenn nun die Dame dich nicht nur mit größtem Interesse anschaut, sondern dir sogar ihr Zimmer, ja ihr Bett auf einer schwedischen Karriolstation überläßt, findest du nicht, daß du dann

einigen Grund hast, an ihre reellen Absichten zu glauben und Hoffnungen zu hegen?
Ich fand es, ich hoffte bis zum letzten; vor einer Woche kostete es mich sogar eine Schmerzensreise bis Kalmar . . .
Ich war bis zur Karriolstation Bärby gekommen. Es war spät am Abend, und ich war vom frühen Morgen an gewandert, so daß ich beschloß, hier für heute Rast zu machen. Ich ging in die Stube hinein und verlangte Essen und Unterkunft.
Ja, Essen könnte ich bekommen, aber Unterkunft hätte man nicht mehr, alle Zimmer wären besetzt, das Haus ganz voll.
Es war ein junges Mädchen, mit dem ich sprach – wie sich später zeigte, die Tochter des Hofes. Ich sehe sie an und tue, als wenn ich sie nicht verstehe. Wollte sie mich fühlen lassen, daß ich ein Norweger bin, ein politischer Gegner?
Was für eine Menge Wagen hier stehen! sagte ich gleichgültig.
Ja, das sind Marktleute, die hier übernachten, erwiderte sie.
Daher haben wir kein leeres Bett mehr übrig.
Dann geht sie hinaus und bestellt mein Essen. Als sie zurückkam, begann sie abermals davon zu reden, wie besetzt das Haus sei. Sie sagte:
Sie können entweder bis zur nächsten Station weitergehen, das ist Ytteraa, oder mit dem Zuge ein Stück zurückfahren. Hier ist es, wie gesagt, voll!

Ich verzieh dem naiven Kinde und wollte nicht unangenehm sein, aber ich beabsichtigte natürlich nicht, mich vor dem nächsten Morgen von der Stelle zu rühren. Ich befand mich an einer öffentlichen Karriolstation und mußte ein Bett bekommen!

Es ist ein unvergleichliches Wetter! sagte ich.

Ja, erwiderte sie. Daher ist es auch nur ein Vergnügen, nach Ytteraa zu gehen. Es ist nicht weit, nur eine gute Meile.

Aber nun wurde es mir ein wenig zu arg, ich sagte ernst und langsam: Ich halte es für selbstverständlich, daß Sie mir heute nacht hier Unterkunft verschaffen; ich *wünsche* nicht weiter zu gehen, ich bin müde.

Aber wenn alle Betten besetzt sind! erwidert sie.

Das ist nicht meine Sache. Damit setzte ich mich mit meinem ganzen Gewicht auf einen Stuhl.

Das Mädchen tat mir übrigens leid, sie sah nicht danach aus, als wenn sie mir aus Bosheit Schwierigkeiten in den Weg legen wollte. Ihr Gesicht war ehrlich, ihr Haß gegen die Norweger beherrscht.

Sie können mich unterbringen, wo Sie wollen, meinetwegen hier auf dem Sofa, sagte ich dann.

Aber es zeigte sich, daß auch das Sofa schon vergeben war.

Nun begann mir halbwegs angst zu werden.

Sollte ich noch eine gute schwedische Meile gehen, so kam ich niemals heil davon; eine ›gute‹ Meile in Schweden nimmt kein Ende, das wußte ich schon.

Aber Herrgott, sehen Sie denn nicht, daß auf dem Marsch meine Stiefel zerrissen sind? rief ich. Sie jagen doch wohl nicht Menschen mit solchem Schuhzeug hinaus?

Nein, aber die Schuhe werden doch auch bis morgen nicht besser, bemerkte sie lächelnd.

Ja, darin hatte sie nun allerdings recht, und ich wußte nicht, was ich tun sollte. In demselben Augenblick geht die Tür auf, und es stürmt wieder ein junges Mädchen herein.

Sie lacht über etwas, was ihr widerfahren ist oder woran sie denkt, und sie macht den Mund auf, um es zu erzählen. Als sie mich erblickt, wird sie nicht im geringsten verlegen, sondern sieht mich lange an und nickt mir schließlich sogar zu. Darauf fragt sie leise:

Was gibt's, Lotta?

Und Lotta antwortet ihr etwas, was ich nicht höre, aber ich verstehe, daß sie von mir flüstern. Ich sitze da und lausche, als wenn mein Schicksal entschieden werden sollte. Nun werfen sie einen verstohlenen Blick auf meine Schuhe, und ich höre, daß sie ein wenig miteinander lachen. Die zuletzt hereingekommene Dame schüttelt den Kopf und ist im Begriff, wieder hinauszugehen.

Als sie zur Tür gekommen war, wandte sie sich plötzlich um, als wenn ihr etwas einfiele, und sagte:
Aber ich kann ja heute nacht mit dir zusammen schlafen, Lotta, dann kann er mein Zimmer bekommen.
Nein, erwiderte Lotta, das können Sie wirklich nicht, Fräulein.
Ach doch, gewiß kann ich das.
Pause. Lotta denkt nach.
Ja, wenn Sie wollen, Fräulein. Und dann, zu mir gewandt, fährt Lotta fort: Die Dame will Ihnen also ihr Zimmer überlassen.
Ich springe auf, schlage die Hacken zusammen und mache eine Verbeugung. Ich glaube, ich brachte es gut zuwege. Ich dankte der Dame auch mündlich, sagte, sie hätte mir eine Liebenswürdigkeit erwiesen, die in meinem Leben einzig dastände, und schließlich erklärte ich, daß ihr Herz ebenso gut wäre wie ihre Augen *schön.* Dabei verbeugte ich mich abermals und machte es wieder ebenso gut.
Ja, das führte ich alles ausgezeichnet aus. Sie errötete und lief mit lautem Lachen auf die Tür zu. Lotta eilte ihr nach.
Ich blieb zurück und dachte darüber nach. Es stand sehr gut; sie hatte gelacht, war errötet und hatte wieder gelacht, es konnte nicht besser anfangen. Herrgott, wie jung sie war, kaum achtzehn Jahre, mit Grübchen in den Wangen

und einer Vertiefung im Kinn. Kein Tuch um den Hals, nichts um den Hals, nicht einmal eine Spitze am Kleid, nur ein Zugband. Und dazu einen schweren, dunklen Blick in dem süßen Gesicht. Ich hatte noch niemals etwas Derartiges gesehen. Gut, und sie hatte mich mit Interesse beobachtet.

Eine Stunde später sehe ich sie draußen auf dem Hofplatz; sie hat sich in einen der leeren Wagen gesetzt und sitzt dort und knallt mit der Peitsche. Wie jung und lustig sie ist, sie sitzt ganz allein da und summt und knallt mit der Peitsche, als sei angespannt. Ich nähere mich, mir schwebt etwas vor von Pferde ausspannen und Wagen ziehen. Ich lüfte den Hut und bereite mich vor, etwas zu sagen ...

Da erhebt sie sich plötzlich, hoch und stolz, wie eine regierende Fürstin, sieht mich einen Augenblick an und steigt aus dem Wagen. Ich werde das niemals vergessen; obschon sie keinen Grund hatte, die Sache so schlimm aufzufassen, war sie wirklich großartig, als sie sich erhob und ausstieg. Ich setzte den Hut auf und schlich mich verlegen und bedrückt fort. Der Teufel soll den Einfall holen, den Wagen zu ziehen!

Andererseits: was fehlte ihr? Hatte sie mir nicht soeben ihr Zimmer überlassen? Wozu denn nun diese Sprödigkeit?

Das ist Verstellung, sagte ich mir selbst, sie tut nur so, ich kenne den Kniff, sie will mich zap-

peln lassen – gut, ich füge mich darein, ich zappele!
Ich setzte mich auf die Treppe und zündete mein Pfeifchen an. Rings um mich plauderten die Marktleute; einige Male hörte ich, daß drinnen im Hause Flaschen aufgezogen wurden und Gläser klirrten. Das Fräulein sah ich nicht mehr.
Die einzige Lektüre, die ich mit hatte, war eine Karte von Schweden; ich sitze da und rauche und ärgere mich, schließlich nehme ich meine Karte aus der Tasche und beginne zu studieren. Es vergehen so einige Minuten, Lotta erscheint in der Tür, sie will mir mein Zimmer zeigen, wenn ich es wünsche. Es ist zehn Uhr geworden, ich erhebe mich und gehe mit. Im Flur treffen wir das Fräulein.
Nun geschieht etwas, dessen ich mich bis auf die kleinsten Geringfügigkeiten entsinne: das Paneel im Flur ist frisch gestrichen; aber davon weiß ich nichts, ich trete als vor dem Fräulein beiseite, als wir ihr begegnen, und da ist das Unglück geschehen.
Das Fräulein schreit atemlos auf:
Die Farbe . . .!
Aber es ist zu spät, ich habe schon meine ganze linke Schulter an das Paneel gelegt.
Sie blickt mich ganz bestürzt an, sieht dann Lotta an und sagt:
Was machen wir nun *damit*?

Und Lotta antwortet:
Das reiben wir mit etwas ab! worauf sie beide in Lachen ausbrechen.
Nun gehen wir wieder alle drei auf die Treppe hinaus, und Lotta holt etwas, um mich damit abzureiben.
Und ich setze mich!
Dann beginnen wir zu plaudern . . .
Du magst es mir nun glauben oder nicht, ich sage dir, als ich mich an diesem Abend von dem Fräulein trennte, hatte ich die besten Hoffnungen. Wir hatten geplaudert und geschwätzt und über alles mögliche gelacht, und ich bin überzeugt, daß wir eine gute Viertelstunde dort auf der Treppe saßen und schwatzten. Und weiter? Weiter geschah nichts! Na ja, ich brüste mich ja auch nicht damit; aber ich dachte doch nicht, daß eine junge Dame einem Mann so gut wie unter vier Augen eine reichliche Viertelstunde schenken würde, wenn sie sich nichts weiter dabei dachte. Als wir uns endlich trennten, sagte sie obendrein zweimal gute Nacht; schließlich öffnete sie sogar noch die Tür ein wenig, sagte langsam noch ein drittes Mal gute Nacht und warf dann die Tür zu. Darauf hörte ich, daß sie und Lotta drinnen auf das lustigste zu lachen anfingen. Ja, wir waren alle bei bester Laune.
Ich begebe mich also in mein Zimmer – in *ihr* Zimmer.

Es war leer, ein ganz gewöhnliches Gastzimmer mit kahlen, blaugemalten Wänden und einem schmalen, niedrigen Bett. Auf dem Tische lag eine Übersetzung von Ingrahams *Der Fürst aus Davids Haus.* Ich begann in dem Buche zu lesen. Noch höre ich das Kichern und Lachen aus dem Zimmer der jungen Mädchen. Welch ein hübsches, lustiges Mädel; dieser dunkle Blick in dem jungen Gesicht. Wie ausgelassen sie lachen konnten, obschon sie so stolz aussah!
Ich versank in Gedanken; die Erinnerung an sie glühte stumm und mächtig in meinem Herzen.

Am Morgen erwachte ich darüber, daß mich etwas Hartes in die Seite drückte – es zeigte sich, daß ich mit dem *Fürsten aus Davids Haus* zusammen geschlafen hatte.
Ich auf und in die Kleider, es war neun Uhr.
Ich komme in die Stube hinunter und erhalte mein Frühstück; von dem Fräulein sehe ich nichts. Ich frage endlich Lotta in feiner Weise, wo die junge Dame geblieben ist.
Ja, antwortet Lotta, das Fräulein ist abgereist.
Abgereist? Gehörte das Fräulein nicht zum Hause?
Nein, es war das Fräulein oben vom Herrenhof. Sie ist früh am Morgen mit dem Zug abgereist; sie sollte nach Stockholm.
Ich verstumme. Sie hatte natürlich nicht einmal

einen Brief oder einen Zettel für mich hinterlassen; ich wurde so verzagt, daß ich mich nicht einmal nach ihrem Namen erkundigte. Alles war mir gleichgültig. Nein, auf Weibertreue sollte man niemals bauen.
Ich wandere schlaffen Blickes und wunden Herzens nach Göteborg. Wer hätte sich das auch denken können; sie, die so ehrlich und stolz aussah! Aber es war gut, ich wollte es wie ein Mann tragen; niemand im Hotel sollte sehen, was ich litt ...

Es war gerade um die Zeit, da Julius Kronberg sein großes Gemälde, *Die Königin von Saba,* in Göteborg ausgestellt hatte. Wie alle andern ging denn auch ich hin, um dieses Bild anzuschauen, und als ich es sah, wurde ich ordentlich davon ergriffen. Das merkwürdigste war, daß die Königin selbst äußerst meinem Herrenhoffräulein zu ähneln schien – nicht, wenn sie lachte und scherzte, sondern in dem Augenblick, als sie in dem leeren Wagen aufgerichtet dastand und mich mit den Augen zerschmetterte, weil ich ihr die Pferde ausspannen wollte.
Weiß Gott, ich fühlte es wieder im Herzen. Das Gemälde ließ mich nicht in Frieden, es erinnerte mich allzusehr an mein verlorenes Glück; in einer schönen Nacht inspirierte es mich zu meiner bekannten Kunstkritik über die *Königin von Saba,* die im Dagblad vom

9. Dezember 1888 stand. In dieser Kunstkritik schrieb ich folgendes über die Königin:
»Sie ist eine moderne Äthiopierin, neunzehn Jahre alt, schlank, verlockend schön, Majestät und Weib in einer Person . . . Mit der linken Hand hebt sie gerade den Schleier vom Gesicht und richtet ihre Augen auf den König. Sie ist nicht dunkel, selbst ihre schwarzen Haare sind ganz von dem silberhellen Diadem, das sie trägt, verdeckt; sie sieht wie eine Europäerin aus, die im Orient gereist ist und einen Hauch von der heißen Sonne bekommen hat. Aber ihre Augen haben die dunkle Farbe, die ihre Heimat verrät, diesen zugleich schweren und feurigen Blick, der den Beschauer zusammenfahren läßt. Man wird diese Augen nicht vergessen, sich ihrer noch lange erinnern und sie im Traume wieder vor sich sehen . . .«
Dies von den Augen ist schön; dergleichen sagt man nicht, ohne daß man etwas Ähnliches im Herzen fühlt, man frage, wen man will. Und seit dem Tage hat mein Herz auch immer das wunderliche Mädchen von der Bärbyrer Kariolstation die »Königin von Saba« genannt.

2

Ich bin noch nicht fertig mit ihr, vier Jahre später taucht sie wieder auf, jetzt, kaum vor einer Woche.

Ich reise von Kopenhagen nach Malmö, ich will dort jemand besuchen, der mich erwartet – ich erzähle es wieder, wie es ist. Meine Sachen habe ich im Hotel abgegeben, und man hat mir ein Zimmer angewiesen. Dann gehe ich aus; um den Menschen zu treffen, der mich erwartet; aber erst will ich einen kleinen Spaziergang zur Bahn hinunter machen, um mich dazu zu sammeln. Da treffe ich einen Mann, mit dem ich mich in ein Gespräch einlasse, ich stehe eben da und sage etwas zu diesem Mann, als ich plötzlich ein Gesicht in einem Zuge sehe, der gerade im Begriff ist, abzufahren und das Gesicht wendet sich mir zu, zwei Augen mustern mich – bei Gott, das ist die Königin von Saba!
Ich springe augenblicklich in den Zug hinein, und einige Sekunden später fahren wir ab.
Nun, das ist Schicksal! Daß ich da stehe und sie nach Verlauf von vier Jahren wiedersehe und in einen abgehenden Zug hineinspringe, während all mein Gepäck im Hotel steht, das ist Schicksal! Über dergleichen ist man nicht Herr. Übrigens hatte ich auch meinen Mantel abgelegt; in der Verfassung kam ich in den Zug hinein.
Ich sehe mich um, es ist ein Abteil erster Klasse, in das ich eingestiegen bin, und es sitzen ein paar Reisende darin. Gut, ich lasse mich neben ihnen nieder und beginne mich mit einer Zigarre und etwas Lektüre gemütlich einzurichten. Wo

würde das Schicksal mich hinführen? Ich wollte dorthin reisen, wohin die Königin von Saba reiste, es kam nur darauf an, gut aufzupassen; wo sie ausstieg, da würde ich auch aussteigen, meine einzige Aufgabe bestand darin, mit ihr zusammenzutreffen. Als der Schaffner kam und meine Fahrkarte haben wollte, hatte ich keine.
Aber wo ich denn hin wollte?
Das wüßte ich selbst nicht recht, aber . . .
Ja, dann müßte ich bis Arlöf bezahlen und einen Zuschlag von vierzig Öre. In Arlöf müßte ich dann eine Fahrkarte weiter lösen.
Ich tat, wie der Schaffner sagte, und bezahlte mit Freuden den Zuschlag.
In Arlöf löste ich dann eine Karte bis Lund, die Königin von Saba fuhr vielleicht nach Lund zu Besuch, und ich wollte sie im Auge behalten.
Aber sie stieg in Lund nicht aus.
Nun mußte ich wieder an den Schaffner bezahlen, diesmal bis Lackalänga und abermals vierzig Öre Zuschlag – das waren achtzig. In Lackalänga löste ich eine Karte gleich bis Hessleholm, um sicherzugehen, und setzte mich dann wieder ins Abteil, ganz nervös über die verwickelte Reise. Das Geschwätz der Mitreisenden reizte mich auch; was zum Teufel ging es mich an, daß in Hamburg die Maul- und Klauenseuche ausgebrochen war? Meine Mitreisenden waren sicher Landleute, einfache schwedische Viehhändler, denn sie sprachen

dreieinhalb Stunden von nichts anderem, als von der Maul- und Klauenseuche in Hamburg. Ja, das war wirklich ungeheuer interessant! Und außerdem: wartete nicht jemand auf mich in Malmö? Gut, laßt den Menschen doch warten! Aber die Königin von Saba stieg auch in Hessleholm nicht aus.

Nun werde ich wütend, ich bezahle an den Schaffner bis Balingslöf, wieder mit vierzig Öre Zuschlag – das machte eine Krone und zwanzig – und nehme in Balingslöf mit zusammengebissenen Zähnen spornstreichs eine Karte bis – Stockholm. Das kostete einhundertundachtzehn Kronen, ich schwör's beim Teufel, daß es soviel ausmachte! Aber es war klar, daß die Königin von Saba jetzt, gerade wie vor vier Jahren, nach Stockholm wollte.

Wir fuhren Stunde um Stunde, ich paßte bei jeder Station auf; aber sie steigt nicht aus. Ich sehe sie am Wagenfenster, und sie beobachtet mich aufmerksam; ach, sie hatte nichts von ihren Gefühlen für mich verloren, das sah ich klar, aber ein bißchen verlegen war sie, und sie schlug die Augen nieder, wenn ich vorbeikam. Ich grüßte nicht, das vergaß ich jedesmal; hätte sie nicht in einem solchen Kasten von einem Damenabteil eingeklemmt gesessen, würde ich ihr natürlich schon längst meine Aufwartung gemacht, sie an unsere alte Bekanntschaft und daran erinnert haben, daß ich einmal in ihrem Bett geschlafen habe; ich hätte sie damit erfreut, daß ich ganz ausgezeichnet geschlafen habe, bis neun Uhr.

Wie herrlich sie in den vier Jahren geworden war, nun war sie mehr als jemals Majestät und Weib.

Und Stunde um Stunde verging, es geschah nichts weiter, als daß wir etwa um fünf Uhr eine Kuh überfuhren, wir hörten, wie die Beine zerbrochen wurden, und wir machten einen Augenblick halt, um die Schienen zu untersuchen, und fuhren dann wieder weiter. Die beiden Reisenden haben begonnen, von der Dampfschiffahrt auf dem Öresund zu reden, was auch wieder außerordentlich interessant ist. Wie ich litt, wie ich litt! Und wie war es doch, wartete nicht ein Mensch auf mich?

Zur Hölle mit dem Kerl in Malmö!

Weiter, immer weiter, wir passierten Elmhult, Liatorp, Vislanda. In Vislanda steigt die Königin von Saba aus, ich lasse sie nicht einen Augenblick aus den Augen; na, so – sie kommt wieder zurück. Gut, wir fahren weiter.

Dann kommen wir nach Alfvesta.

Nach Kalmar umsteigen!

Hier steigt die Königin von Saba wieder aus; ich stehe da und beobachte, ob es wieder das gleiche ist; aber diesmal geht sie zum Kalmar-Zug hinüber. Darauf war ich nicht vorbereitet, ich bin äußerst erstaunt und kann mich nicht zum

Handeln entschließen, bis es beinahe zu spät ist. Hals über Kopf komme ich noch in den Kalmar-Zug hinein, als er gerade abgeht.
Ein einziger Mensch im Abteil, er blickt nicht einmal auf, er liest. Ich werfe mich auf einen Platz, ich lese auch. Ein paar Minuten später höre ich: die Fahrkarte!
Es ist ein anderer Schaffner.
Die Fahrkarte! Jawohl! antworte ich und gebe ihm meine Karte.
Die gilt nicht, sagt er, dies ist die Kalmarlinie.
Die gilt nicht, sagen Sie?
Nicht auf dieser Linie.
Ja, das ist wohl nicht meine Sache, wenn man mir eine Karte verkauft, die nicht gilt?
Wo wollen Sie denn hin?
Nach Stockholm natürlich, antworte ich; wo meinten Sie denn, daß ich sonst hin wollte?
Ja, aber dies ist der Zug nach Kalmar, hören Sie, dieser Zug geht nach Kalmar, sagt er ärgerlich.
Na, das wußte ich nicht, aber es war jedenfalls eine jämmerliche Pedanterie von ihm, sich über dergleichen aufzuhalten. Er tat es sicher nur, weil ich ein Norweger war, aus politischem Haß. Ich wollte an ihn denken.
Ja, was machen wir nun da? fragte ich.
Das machen Sie so . . . ja, wo wollen Sie nun also hin? Auf dieser Linie kommen Sie nicht nach Stockholm!

Gut, dann reise ich also nach Kalmar, ich meinte eigentlich auch Kalmar, erwidere ich; Stockholm hat mich eigentlich niemals recht angesprochen, ich kann nicht behaupten, daß ich mir Geld zu leihen nehmen möchte, um wieder dorthin zu fahren.

Diese verdammte Königin sollte also nach Kalmar; dann nahm die Qual doch ein Ende.

Dann bezahlen Sie also bis Gemla und vierzig Öre Zuschlag, sagte der Schaffner. In Gemla müssen Sie dann eine Karte bis Kalmar lösen.

Ich habe aber soeben einhundertundachtzehn Kronen bezahlt, wandte ich ein. Aber ich bezahlte doch und auch die vierzig Öre – das machte eine Krone und sechzig –. Nun war meine Geduld aber erschöpft, in Gemla stürmte ich zum Schalter hin und rufe dem Billetteur zu:

Wie weit kann ich auf dieser Linie fahren?

Wie weit? Bis Kalmar, wird mir geantwortet.

Könnte ich nicht weiter kommen, wäre es ganz unmöglich, auch nur ein ganz kleines Stückchen weiter zu kommen?

Ganz unmöglich. Denn dann kommt die Ostsee.

Gut, also eine Karte bis Kalmar!

Welche Klasse?

He, er fragte, welche Klasse! Der Mann kannte mich offenbar nicht, hatte nichts von dem gelesen, was ich geschrieben habe. Ich antwortete ihm, wie er es verdiente:

Erste Klasse, natürlich!

Ich bezahlte und nahm meinen Platz im Zug ein.

Es war Nacht geworden, mein ungemütlicher Mitreisender hatte sich auf seinem Sitz ausgestreckt und die Augen geschlossen, stumm, ohne mir einen Blick zuzuwerfen. Wie sollte ich die Zeit herumbringen? Ich konnte nicht schlafen, ich stand alle Augenblicke auf, untersuchte die Türen, öffnete und schloß die Fenster, fror und gähnte. Dazu kam, daß ich jedesmal, wenn der Zug anhielt, auf dem Posten sein mußte, um meiner Königin willen. Ich begann sie allmählich, ganz erbittert, zu verfluchen.

Endlich, endlich wurde es Morgen. Mein Mitreisender richtete sich auf und blickte hinaus. Dann setzte er sich völlig wach hin und begann zu lesen, ständig ohne mich anzusehen; sein Buch schien gar kein Ende nehmen zu wollen.

Ich erboste mich über ihn, ich sang und pfiff, um ihn zu ärgern; aber er ließ sich nicht stören. Ich wünschte mich im stillen zu der Klauenseuche zurück, angesichts dieser stummen Wichtigtuerei.

Schließlich wurde es mir unerträglich, ich fragte:

Darf ich fragen, wo Sie hinreisen?

Ach, erwiderte er, ich fahre noch ein Stück.

Das war alles.

Gestern überfuhren wir eine Kuh.

Wie meinen Sie?
Gestern überfuhren wir eine Kuh.
So.
Und er las schon wieder weiter.
Wollen Sie mir das Buch verkaufen? sagte ich ganz außer mir.
Das Buch? Nein, erwiderte er.
Nicht?
Nein.
Dabei blieb es. Er sah nicht einmal zur Seite. Ich sank gegenüber dieser Beharrlichkeit ganz zusammen. Eigentlich war auch daran, daß ich mit einem solchen Menschen zusammengetroffen war, diese elende Königin schuld. Sie hatte mir wirklich viel Verdruß bereitet. Aber das sollte alles vergessen sein, wenn ich sie traf. Ach, wie ich ihr alle meine Unannehmlichkeiten schildern wollte, ihr von der Kunstkritik erzählen, von dem Menschen, der in Malmö auf mich wartete und den ich im Stich gelassen hatte, von meiner Reise, erst auf der Stockholmer Linie und dann nach Kalmar – mein Fräulein! Ja, ich würde sicherlich wieder auf sie Eindruck machen. Und keine kleinliche Hindeutung auf die paar Öre Zuschlag und die einhundertachtzehn Kronen!
Und der Zug eilt weiter.
Ich beginne aus Langweile zum Fenster hinauszustarren.
Da ist ewig und immer dasselbe zu sehen: Wald,

Feld, Äcker, vorbeitanzende Häuser, Telegrafenstangen längs der Bahn, und bei jeder Station die gewöhnlichen leeren Güterwagen aufgestellt, und jeder Wagen mit der Inschrift *Golfyta* versehen.
Was war *Golfyta?* Das konnte keine Nummer und auch kein Menschenname sein. Ob *Golfyta* nicht ein großer Fluß in Schonen war oder ein Fabrikzeichen, oder gar eine religiöse Sekte! Aber nun entsann ich mich: *Golfyta* war ein gewisses Gewicht; eine *Golfyta* hatte, wenn ich mich recht entsann, einhundertundzweiunddreißig Pfund. Aber das waren noch gute alte Pfunde, und doch gingen fast einhundertund*drei*unddreißig solcher Pfunde auf eine *Golfyta,* so *schwer* war sie ...
Und der Zug fährt weiter.
Wie konnte doch dieser stumme Narr da stundenlang sitzen und nur immer lesen und lesen! Das Büchelchen hätte ich in der Zeit dreimal ausgelesen, aber er spreizte sich, tat förmlich dick mit seiner Kenntnislosigkeit und genierte sich nicht. Seine Narrheit überstieg schließlich alle Grenzen, ich konnte es nicht länger aushalten, sondern streckte den Kopf vor, sah ihn an und sagte:
Was sagten Sie?
Er schlug die Augen auf und starrte mich wie vom Himmel gefallen an.
Wie beliebt? fragt er.

Was?
Er begriff nicht.
Was wollen Sie? fragte er ärgerlich.
Was ich will? Was wollen Sie?
Ich? Nichts!
Na, ich auch nicht!
So. Warum sprechen Sie mich denn an?
Ich? Habe ich Sie angesprochen?
Also nicht! sagte er und wandte sich wütend ab.
Dann schwiegen wir wieder beide. Und Stunde um Stunde vergeht; endlich pfeifen wir vor Kalmar.
Nun galt es, nun kam die Entscheidung. Ich betaste meine Wangen – natürlich war ich unrasiert, das war ja meistens so mit mir. Es war aber auch eine ganz mangelhafte Einrichtung, daß es auf dieser langen Linie keine Stationen gab, wo man sich rasieren lassen konnte, um wie ein Mensch auszusehen, wenn es darauf ankam; ich verlange ja nicht angestellte Barbiere an jeder Station, aber man muß mir einräumen, daß es nicht unbillig wäre, in jeder fünften Station einen Barbier bekommen zu können. Das ist jedenfalls meine Meinung.
Dann hielt der Zug.
Ich steige sogleich aus, ich stehe da und beobachte, daß auch die Königin von Saba aussteigt; aber sie wird plötzlich von Menschen umringt, daß es mir unmöglich ist, zu ihr hin zu gelangen. Ein junger Mann küßt sie sogar –

der Bruder also, er wohnt hier, hat hier Geschäfte, sie besucht ihn! Einen Augenblick später fährt ein Wagen vor, sie steigt ein, nach ihr zwei, drei andere, und fort fahren sie.
Ich stehe da. Sie war mir vor der Nase davongefahren, hatte sich nicht einmal ein wenig bedacht.
Na, gut, da war vorläufig nichts zu machen, ja wenn ich genauer darüber nachdachte, war ich ihr fast dankbar dafür, daß sie mir Zeit ließ, mich zu rasieren und zurechtstutzen zu lassen, ehe ich mich ihr vorstellte. Nun galt es, die Zeit zu benutzen!
Ein Träger kommt auf mich zu, während ich dastehe, und bietet sich an, mein Gepäck zu tragen.
Nein, ich habe kein Gepäck.
Ob ich denn *gar* kein Gepäck habe?
Nein, ich habe *gar* kein Gepäck! Ob er mich nun verstehe?
Aber ich wurde den Mann nicht los, er wollte wissen, ob ich weiterreise.
Nein, ich reise nicht weiter!
Ob ich hier wohnen bleiben wolle?
Vielleicht, einige Zeit! Ist ein Hotel in der Nähe?
Aber was ich denn hier vorhabe? Ob ich vielleicht Agent oder Kontrolleur sei?
Wieder einer, der nichts von mir gelesen hatte! Nein, ich sei nicht Kontrolleur.

Aber was ich denn sei?
Adieu! schrie ich ihm ins Gesicht und ging. Solch eine Aufdringlichkeit! Ich konnte wohl auch auf eigene Faust ein Hotel finden, wenn es darauf ankam. Inzwischen mußte ich mir aber eine Position ausdenken, einen Zweck meines Aufenthaltes ausfindig machen, den ich als Vorwand benutzen konnte; denn es war klar, wenn schon ein so hungriger Gepäckträger so neugierig war, würde der Wirt im Hotel weit schlimmer sein.
Was hatte ich also offiziell, vor Gott und den Menschen, in Kalmar zu tun?
Ein glaubwürdiges Geschäft mußte ich auch deshalb vorschützen, um meine Königin nicht zu kompromittieren.
Und ich dachte wild darüber nach, was ich in Kalmar ›machen sollte‹. Schon während ich mich unter dem Messer des Barbiers befinde, läßt mir diese Frage keine Ruhe. So viel war sicher: ich durfte mich im Hotel nicht sehen lassen, bevor ich mir darüber klar war.
Haben Sie Telefon? fragte ich.
Nein, der Barbier hatte kein Telefon.
Aber können Sie einen Boten ins nächste Hotel senden und mir dort ein Zimmer bestellen? Ich habe keine Zeit, selbst hinzugehen, ich habe eine Menge Geschäfte zu erledigen.
Ja, sehr gern!
Dann geht der Lehrjunge.

Ich begann auf den Gassen umherzuschlendern, besah die Kirche, den Hafen, ging ziemlich schnell, aus Furcht, daß jemand mich aufhalten und nach dem Zweck meines Aufenthaltes in Kalmar fragen könnte. Endlich kam ich in den Park, ich warf mich auf eine Bank und gab mich meinen Grübeleien hin.
Ich war allein.
Kalmar – was wollte ich in Kalmar? Der Name kam mir bekannt vor, ich hatte davon irgendwo gelesen. Weiß Gott, ob es nicht etwas Politisches war, ein außerordentlicher Reichstag, ein Friedensschluß. Ich versuchte ›Kalmarer Frieden‹, ›Frieden zu Kalmar‹, hatte ich vielleicht einmal davon gehört? Oder war es ein ›Kalmarer Vertrag‹? Aber nach einer Weile Überlegung sagte ich mir selbst, daß ich von einem ›Vertrag zu Kalmar‹ noch nichts gehört hatte. Plötzlich springe ich auf, ich glaube, es gefunden zu haben: Es war die ›Kalmarschlacht‹, ›Die Schlacht bei Kalmar‹ – wie die Schlacht bei Wörth oder Düppel. Ja, nun hatte ich es! Und ich begebe mich spornstreichs ins Hotel. Wenn es eine Schlacht bei Kalmar gab, dann wollte ich die historischen Plätze studieren, das war der Zweck meines Aufenthalts; dort lag Niels Juels Schiff, dort fuhr eine feindliche Kugel weit über das Land hin und riß die Erde in einem Kohlgarten auf, dort fiel Gustav Adolf auf das Deck des Linienschiffes. Und

Kolbein der Starke fragte: was brach so laut?
Norwegen aus deinen Händen! sagte Einar ...
Als ich aber vor dem Hotel stand, kehrte ich feige um und gab meine ganze Schlachtgeschichte auf; es hatte niemals eine Schlacht bei Kalmar stattgefunden, die Schlacht fand auf der Reede von Kopenhagen statt. Und ich begebe mich wieder in die Stadt hinaus. Es sieht schlecht für mich aus.
Dann wanderte ich einfach den ganzen Tag umher und genoß weder etwas Trockenes noch etwas Nasses. Ich war schon ganz ermattet. Es war auch bereits zu spät geworden, um in einen Buchladen zu gehen und einige Bücher über Kalmar zu kaufen, denn alle Buchläden waren geschlossen. Endlich schleppe ich mich zu einem Mann hin, der Laternen anzündet.
Entschuldigen Sie, frage ich höflich, was ist doch seinerzeit hier in Kalmar vorgegangen?
Der Mann antwortet mir: Vorgegangen? und sieht mich an.
Ja, sage ich, es ist mir so lebhaft in der Erinnerung, daß hier seinerzeit in Kalmar etwas vorgegangen ist; es hat bedeutendes historisches Interesse, darum möchte ich es gern wissen.
Wir stehen einander gegenüber.
Wo wohnen Sie? fragt er.
Ich bin nämlich ausschließlich hergekommen, um das zu studieren, fahre ich fort, es hat mich ziemlich viel Geld gekostet, ja, es hat mich

sogar eine Krone sechzig Öre Zuschlag gekostet, außer den hundertundachtzehn Kronen Fahrgeld, von denen ich gar nicht reden will, so kleinlich bin ich nicht. Sie können die Schaffner fragen, wenn Sie wollen.

Sind Sie aus Norwegen?

Ja, ich bin aus Norwegen.

Sind Sie Agent?

So ermattet ich war, mußte ich wieder so schnell wie möglich flüchten; das war es ja gerade, was ich von dem Manne wissen wollte: was ich war. Aber auch daran war meine Königin schuld, sie war an allem schuld, und ich wünschte, wenn auch mit sanftem Ausdruck, sie möchte um ihrer Bosheit willen zur Hölle fahren.

Dann zog ich mich wieder in den Park zurück.

Nein, nun sah ich keine Rettung mehr!

Ich stehe da und lehne mich an einen Baum, Leute wandern an mir vorüber; ich fand es nicht länger geheuer, stehenzubleiben, und mußte mich wieder weiterschleppen. Drei Stunden später hatte ich die Stadt verlassen und befand mich draußen auf dem Lande. Ich sehe mich um, ich bin allein, ein großer, schwarzer Koloß erhebt sich vor meinem Blick. Ich bleibe stehen, um den Koloß zu betrachten, er sieht wie ein Berg aus, mit einer Kirche auf der Spitze. Während ich so dastehe, kommt ein Mann dahergegangen, ich halte ihn an und

frage, was dieses wohl für ein Berg ist, ich wüßte nicht mehr seinen Namen aus der Geographie, obschon ich sehr viele Berge kenne.
Das ist das Schloß! erwiderte er.
Das Schloß, das Kalmarer Schloß!
Ich hätte wohl gern gewußt, ob darin nicht alles das vorgegangen war, was mir im Kopf herumspukte!
Das Schloß ist jetzt natürlich traurig ramponiert und verfallen gegen damals, da die großen Begebnisse sich dort ereigneten? fragte ich.
Ach nein, der Verwalter hält gute Aufsicht, erwidert der Mann.
Wer lebt zur Zeit da, ich meine: was für ein Fürst ist nun in dem südlichen Flügel untergebracht? Es liegt mir so auf der Zunge, aber ...
Ja, der ist jetzt voll von Rüstungen und Schwertern und Altertümern, allen möglichen alten Sachen ...
Ich bekomme stehenden Fußes eine gute Idee: ich konnte hierher gekommen sein, um die Altertümer auf dem Schloß zu studieren. Wenn der Mann nicht einen Sack auf dem Rücken gehabt hätte, hätte ich ihn umarmt, und ich entsinne mich deutlich, daß ich nach seiner Frau und seinen Kindern fragte, ehe wir uns trennten.
Gegen Mitternacht hatte ich endlich mein Hotel erreicht.
Ich bekam den Wirt zu fassen und sagte, daß

ich das Zimmer bestellt hätte. Ich will hier Altertümer studieren, sagte ich kurz und ärgerlich, ich *kaufe* sogar alte Sachen, damit Sie es wissen, das ist mein Beruf.
Der Wirt war mit der Erklärung zufrieden und ließ mich auf mein Zimmer führen.

Nun kommt eine Woche der Enttäuschungen und verlorenen Bemühungen, eine ganze Woche! Die Königin von Saba ist nicht zu erblicken. Ich suchte sie Tag für Tag, oben und unten, war bei dem Postmeister und erkundigte mich, konferierte mit ein paar Schutzleuten über die Sache, durchstreifte den Park um die Promenadenzeit die Kreuz und Quer, ging jeden Tag an den Aushängekästen der Photographen herum, um zu sehen, ob sie dort nicht ausgestellt wäre; aber alles war vergebens. Ich mietete zwei Männer, die Tag und Nacht auf dem Bahnhof Wache halten mußten, damit sie mir nicht entschlüpfen könnte, und wartete und wartete auf das Ende meines Abenteuers.
Inzwischen mußte ich täglich aufs Schloß und die Sammlungen von Altertümern durchsehen; ich schrieb große Bogen mit Notizen voll, zählte die Rostflecken auf den Säbeln und zerbrochenen Sporen, notierte mir all die beschwerlichen Jahreszahlen und Inschriften, die ich auf alten Truhendeckeln und Gemälden fand; ja, ich ersparte es mir nicht einmal, einen

Sack Federn zu notieren, den ich eines Tages zwischen den Altertümern hingeworfen fand und der, wie sich zeigte, dem Verwalter gehörte. Ich betrieb meine Untersuchungen mit dem Mut der Verzweiflung und indem meine Gedanken voll Erbitterung waren; hatte ich einmal begonnen, die Königin von Saba zu suchen, gab ich es auch nicht auf halbem Wege auf, selbst wenn ich richtiger Altertumsforscher dabei werden sollte.

Ich telegraphierte nach Kopenhagen nach meinen Postsachen und begann überhaupt, mich für den Winter einzurichten. Der gnädige Gott mochte wissen, welches Ende dies noch nehmen konnte. Nun wohnte ich sechs Tage im Hotel! Als der Sonntag kam, mietete ich vier kleine Jungen, die für mich sowohl morgens als nachmittags in die Kirche gehen und aufpassen sollten, ob meine Königin dorthin kam; aber auch das fruchtete nichts.

Am Dienstagmorgen kam endlich meine Post, dieser Dienstag brachte mich fast um. Der eine Brief war von dem Menschen, der in Malmö auf mich wartete: wenn ich bis jetzt nicht gekommen wäre, dann käme ich wohl auch nicht mehr, und so sagte er mir Lebewohl! Ich fühlte einen tiefen Stich im Herzen.

Der zweite Brief, den ich öffnete, war eine Mitteilung von einem Freunde, daß das ›Morgenblad‹ und eine deutsche Zeitung mich auf einem

Plagiat ertappt und es durch Zitate erwiesen hätten. Ich fühlte einen noch tieferen Stich im Herzen. Der dritte Brief aber war eine Rechnung – die las ich erst gar nicht, ich konnte nicht mehr, ich warf mich auf das Sofa nieder und starrte vor mich hin.

Und dennoch hatte ich den Kelch des Leidens noch nicht bis auf den Grund geleert.

Es klopft an die Tür.

Herein! rufe ich mit versagender Stimme.

Und herein kommt der Wirt in Begleitung einer alten Frau; die Frau trägt einen Korb auf dem Arm.

Entschuldigen Sie! sagte der Wirt, Sie kaufen ja alte Sachen?

Ich starre ihn an.

Alte Sachen? Ich kaufe alte Sachen?

Ja, so sagten Sie selbst!

Und ich mußte mich zum Interesse für alte Sachen zwingen.

Ja, ganz richtig, so ist es, ich kaufe alte Sachen; entschuldigen Sie, daß ich nicht gleich bei der Sache war: ich saß in ganz anderen Gedanken vertieft. Ja, natürlich kaufe ich allerhand alte Sachen. Lassen Sie mich die Herrlichkeiten ansehen!

Und die Frau deckte ihren Korb auf.

Ich schlage die Hände voll Entzücken zusammen und erkläre, alles behalten zu wollen, jeden Gegenstand. Welch prächtige Ohrenspritze; möchte wohl wissen, welcher König sie zuletzt gebrauchte? Ja, das würde ich schon ermitteln, wenn ich in meinen Papieren nachsah, das eilte nicht. Was sie für den Hornlöffel haben wollte? Die drei verbrannten Jaabäkspfeifen[1] gebe ich um keine Summe wieder her, ebensowenig wie diese Heugabel. Was sollte ich denn für das alles zusammen bezahlen?

Die Frau denkt nach. Zehn Kronen, meint sie.

Und ich gab ihr zehn Kronen, ohne zu feilschen, ohne mich zu besinnen, nur um sie schnell wieder loszuwerden. Sobald ich sie hinausbefördert hatte, rannte ich in den Park, um Luft zu bekommen. Nein, nun wuchs es mir über den Kopf!

Ein Kindermädchen und ein Kind saßen beide singend auf einer Bank neben mir; ich warf ihnen einen Blick zu, um sie zum Schweigen zu bringen. Ein Weilchen später kommen ein paar Menschen ganz langsam, Arm in Arm, den Weg entlang geschritten. Ich werde aufmerksam, erhebe mich und starre hin:

das ist die Königin von Saba!

Endlich, endlich habe ich sie wieder: meine Königin von Saba!

Ein Herr führt sie, ihr Bruder, derselbe, der sie

[1] Jaabäk: Ein sehr bekannter norwegischer radikaler Storthingsmann, dessen Kopf gern zur Nachbildung auf Pfeifen benutzt wurde.

bei der Ankunft küßte; sie gehen Arm in Arm und reden leise miteinander. Ich halte mich bereit! Nun ist der entscheidende Augenblick, koste es, was es wolle! Ich wollte damit beginnen, sie daran zu erinnern, daß ich einmal in ihrem Bette geschlafen hätte, dann würde sie sich meiner wohl entsinnen. Und wenn das Gespräch so in Gang wäre, dann würde der Bruder wohl begreifen, daß er vorausgehen müßte . . .

Ich trat hervor.

Sie sahen mich beide erstaunt an, und in dem Augenblicke geriet mir meine Einleitung in Verwirrung.

Ich stammle: Fräulein . . . vor vier Jahren . . . und verstumme dann.

Was will er? sagt der Herr und sieht sie an. Dann wendet er sich an mich und sagt dasselbe: Was wollen Sie? Und er sagt es ziemlich hochmütig.

Ich wollte, erwiderte ich, ich wollte nur um Verzeihung bitten, wenn ich mir erlaube, das Fräulein zu begrüßen; was geht das Sie an? Das Fräulein und ich sind alte Bekannte, ich habe sogar in ihrem Bett . . .

Die Königin unterbricht mich und ruft:

Gehen wir! Gehen wir!

So, sie wollte mich also nicht wiedererkennen, sie verleugnete mich! Der Zorn packte mich, und ich gehe dem Paare nach, das sich sehr schnell entfernt. Plötzlich dreht der Herr sich um; er sieht, daß ich ihnen folge, und stellt sich mir mitten in den Weg. Er sah übrigens nicht allzu mutig aus, er zitterte sichtbar: die Königin ging weiter, schließlich lief sie fast.

Was wollen Sie, Mann? fragt der Herr wieder.

Von Ihnen will ich nichts, sage ich; ich hatte nur den Wunsch, das Fräulein zu begrüßen, die Dame, mit der Sie spazieren gingen, da ich sie früher schon getroffen habe; ich wollte also nur aus reiner Höflichkeit . . .

So, na, erstens wünscht das Fräulein Sie also nicht wiederzusehen, wie es scheint, erwiderte er, und zweitens ist das Fräulein kein Fräulein, sondern eine Frau, sie ist verheiratet, es ist meine Frau! Sind Sie nun zufrieden?

Sie . . . ist . . . was . . . sie ist . . . Ihre Frau?

Ja, sie ist meine Frau, brüllte er; verstehen Sie mich jetzt?

Seine Frau, seine Frau!

Was soll ich noch weiter erzählen? Ich sank einfach auf eine Bank nieder. Das war mein Todesstoß! Ich schloß die Augen und ließ den Kerl gehen; was hatte ich mit ihm noch zu schaffen, wenn die Sonne meines Glücks für immer untergegangen ist!

Ich saß mehrere Stunden auf der Bank und gab mich dem düstersten Schmerze hin.

Gegen Mittag begab ich mich ins Hotel, bezahlte meine Rechnung und schlich mich unbemerkt zum Bahnhof. Nachdem ich noch eine

gute Stunde gewartet hatte, kam mein Zug, und ich reiste ab, ausgeplündert und niedergeschlagen, bis zur Erde gebeugt von einem Schmerz, der auf der ganzen Heimreise in mir fraß.
Den Korb mit alten Sachen, den ich gekauft hatte, ließ ich in Kalmar stehen.

Du siehst, etwas kommt immer dazwischen. So nahe wie diesmal bin ich der Sache noch niemals gewesen, und doch kam ich so gründlich zu kurz. Ich spare keine Mühe, ich schrecke vor keiner Reise zurück, ich scheue keine Ausgabe und doch – doch hilft mir alles nichts. Das ist Schicksal!
Dabei ist nichts zu machen.

Mein Skyßpferd[1]

Ich setzte mich im Karriol zurecht und ergriff die Zügel, ich wartete auf den Skyßjungen. Oben an einem Fenster im ersten Stock stand ein blondes, junges Mädchen und blickte auf mich herab. Mir wurde warm unter diesem Blick, und ich brüstete mich wie ein Vizekonsul auf meinem Sitz. Ich versuchte einen recht jugendlichen Eindruck zu machen, ganz im geheimen konnte ich sogar meinen Zwicker abschütteln. Es ärgerte mich nur, daß ich mich in das Skyßbuch nicht als Leutnant eingetragen hatte.

Im letzten Augenblick kommt der Wirt auf die Treppe heraus und sagt, daß mein Skyßjunge gerade mit einer Fuhre Engländer vorausgefahren sei, so daß ich so gut sein müßte, bis zum nächsten Pferdewechsel allein zu fahren. Es wäre durchaus keine Gefahr dabei, Jens wüßte den Weg, ich könnte mich ganz auf ihn verlassen.

Und Jens, das war das Pferd.

Es ist eigentlich stilvoller, einen hinten drauf zu haben, wenn man fährt, dachte ich; aber dabei war nun nichts zu machen, ich mußte ohne Skyßjungen fahren. Ich warf einen ziemlich war-

---

[1] Skyß wird in Norwegen die Personenbeförderung mit Wagen oder Boot genannt.

men Blick zum Fenster im ersten Stock hinauf und fuhr zum Hof hinaus.
Das Wetter war warm, ich knöpfte meine Jacke auf und ließ den Jens laufen, wie er wollte. Das ununterbrochene Wiegen der Karriolfedern machte mich schläfrig, ich neigte den Kopf vornüber, damit meine Nase nicht so von der Sonne verbrannt würde, und döste und dachte an das feine Mädchengesicht aus dem ersten Stock. Weiß Gott, dachte ich, ob sie schon unten gewesen ist und im Skyßbuch nachgesehen hat. Es war dumm, daß ich mir nicht eine Stellung, einen Titel gegeben hatte. Hätte ich mich nicht vielleicht als Bürochef oder gar Rentier nennen können? Ich meine wohl. Das kommt davon, wenn man zu bescheiden ist.
Wir hatten wohl so sieben bis acht Kilometer zurückgelegt, als Jens plötzlich stehenblieb. Er stand mit einem Male still und sah aus, als wenn er etwas vergessen hätte. Ich wollte ihn nicht stören; seine privaten Angelegenheiten mußte er mit sich selbst abmachen. Außerdem hatten wir gutes Wetter und guten Weg.
So standen wir wohl eine halbe Stunde mitten auf dem Wege, ohne uns zu rühren; keiner von uns wollte das Schweigen brechen. Ich zündete mein Pfeife an und ließ mir nichts anmerken, sah nach der Uhr, begann einen Pfropfenzieher zu putzen, den ich in der Tasche hatte, und vertrieb mir die Zeit, so gut ich konnte; die Peit-

sche versteckte ich sorgfältig zwischen meinen Knien.

Als Jens noch einige Zeit ganz still gestanden hatte, setzte er endlich das eine Bein vor, danach das andere Bein und begann wieder zu gehen. Es kam mir vor, als sähe er ein wenig beschämt aus. Die Wärme nahm zu, ich fiel zusammen und wurde wieder schläfrig, knüpfte gedankenlos einen Knoten nach dem andern in die Zügel und träumte abermals von dem Mädchen unten in der Station. Sie hatte große, weiße Hände und einen seltsam raschen Blick, der das Gesicht spielend lebendig machte. Ich war ganz erfüllt von ihr. Warum hatte sie da oben gestanden und auf mich herabgeblickt? Ich hatte ihr Neugier eingeflößt. Es war höchst wahrscheinlich, daß sie in diesem Augenblick unten stand und im Skyßbuch nachsah, ja, es unterlag gar keinem Zweifel, daß sie sich beeilte, zu erfahren, wer ich wäre. Und ich hatte keine näheren Angaben hinterlassen, ich hätte die beste Gelegenheit gehabt, mir eine recht gute Position zu geben, als Entdeckungsreisender oder als etwas anderes.

Ich hatte zuletzt gar nicht auf Jens geachtet. Schwerfällig und gleichgültig schritt er auf dem Wege dahin, stampfte mit den Beinen in den Kies und machte unnötig Staub. An einer Senkung des Weges ließ er plötzlich den Kopf hängen, kaute einige Male hart am Gebiß und blieb wieder stehen. Darüber konnte kein Zweifel sein, er blieb ohne eine Spur von Verlegenheit stehen.

Ich war ganz mit meinen Gedanken an das junge Mädchen beschäftigt, und es dauerte eine Weile, bis ich merkte, daß wir still standen. Da fuhr ich plötzlich zusammen! Du kannst deinem Gott und Schöpfer danken, daß ich hier sitze und an ganz andere Dinge denke! sagte ich laut zu ihm. Ich wurde plötzlich unwillig, ich konnte nicht länger meine Gefühle unterdrücken. Jens stand ganz still mit gesenktem Kopf, als wenn er den Finger an die Nase legte und über etwas nachdächte. Ich beugte mich vor, um den Weg zu untersuchen. Es konnte vielleicht ein Kind gerade vor seinen Füßen liegen, oder ein großer Stein oder eine Baumwurzel; ich spähte überall hin, sah aber nichts. Ich hob die Peitsche und gab Jens einen Schlag. Er rührte sich nicht von der Stelle, aber er warf den Kopf zurück und schien zu sagen: Sieh dich vor!

Das machte mich wütend. Sieh dich selbst vor, antwortete ich und gab ihm einen zweiten Schlag. Da stemmte er die Beine fest in den Boden und sah aus, als hätte er die Ehre, sich vor einer ganzen Versammlung auszusprechen, und ihm entschlüpfte ein Laut. Sonst sagte er nichts.

Ich sagte mir: Nein danke, mit einem Pferd

streite ich nicht. Empört und stumm lehnte ich mich in meinen Sitz zurück und wartete darauf, was nun geschehen würde. Ich war von daheim mit dem festen Vorsatz fortgefahren, nicht mit jemand in Streit zu geraten.

Eine Stunde verging, wir standen noch immer still, und ich hatte die größte Mühe, mich von Gewalttätigkeiten zurückzuhalten. Zweimal richtete ich mich im Karriol auf, und jedesmal vermochte ich es über mich, mich wieder zu setzen. Jens benahm sich sehr vorsichtig, er machte keinen Lärm, rührte kein Glied, atmete nur ganz still. Endlich erhob er das eine Bein und setzte es wieder hin. Es sah aus, als sei er vom Stillstehen ermüdet. Er hob ein anderes Bein und setzte es wieder hin. Bevor ich Zeit gefunden hatte, meinen eigenen Augen zu trauen, fühlte ich, daß das Karriol wirklich weiterrollte, wir standen nicht mehr still, wir fuhren wieder.

Ich wurde sprachlos, ich konnte in keiner Richtung eine Meinung aussprechen. Das Karriol rollte schneller und schneller, ich sah Jens die lächerlichsten Bewegungen machen: er sprang. In verbissener Verbitterung wollte ich mich selbst überreden, zu glauben, wir ständen noch still. Wir stehen, wir stehen, natürlich! sagte ich. Zum Teufel, wir stehen! Und ich schloß die Augen, um nicht zu sehen, daß wir uns wirklich vorwärtsbewegten!

So verging eine geraume Zeit, die Sonne begann zu sinken, und die Hitze nahm ab. Jens ging wieder in trägem Schritt. Ich war empört über ihn, er hatte meine ganze freudige Stimmung zerstört, mit Überlegung meine Zeit vertrödelt; ich hatte noch eine gute halbe Stunde bis zur nächsten Station und würde kaum dorthin gelangen, bevor mein Skyßjunge von dort fortfuhr. Als wir die Höhe eines Hügels erreicht hatten, beschloß ich daher, ein bißchen von der versäumten Zeit einzuholen, ich rief Jens an und hielt die Peitsche zur Seite hinaus, um ihn darauf aufmerksam zu machen. Er erhob den Kopf und glotzte ein wenig zurück, als verstände er mich nicht. Ich werde mich etwas deutlicher ausdrücken! sagte ich und knallte ihm eins um die Schenkel.

Er blieb stehen!

Es lag keine Möglichkeit vor, daß ich mich selbst täuschte: Jens stand zum drittenmal unerschütterlich still.

Ich griff fest um den Peitschenschaft und richtete mich im Karriol auf; ich war fest entschlossen, die Sache im offenen Kampfe zu entscheiden, es mochte gehen, wie es wollte. Im letzten Augenblick konnte ich mich jedoch bezwingen. Ich empfand in diesem Moment keine Spur von Furcht; wenn es ein Löwe gewesen wäre, wäre ich darauf losgegangen. Aber ich besann mich und ließ die Peitsche los.

Ohne ein Wort über meine Absichten zu äußern, stieg ich aus dem Karriol aus; ich hatte meinen Plan dabei. Es konnte nämlich keinem Zweifel unterliegen, daß dem Pferde etwas im Wege liegen mußte. Ich ballte die Fäuste, bereit, allem entgegenzutreten, und ging vor zu Jens.
Ich konnte nichts entdecken, ich blieb fast enttäuscht stehen und beugte mich zum Boden nieder, um ihn gründlich zu untersuchen. Kies – nur Kies überall. Das einzige, was ich entdeckte, war ein abgebranntes Streichholz. Ich ging zurück und setzte mich wieder hinauf – nun sollte es biegen oder brechen!
Ich schrie Jens fürchterlich an, schwang die Peitsche und gab ihm einen Klaps. Jens sprang mit dem Hinterteil in die Höhe und stand wieder still, wie vorher. Das half also nichts, ich mußte wieder hinunter. Ich ging wieder vor zu Jens, drückte mich dicht an ihn und sah ihm ins Gesicht. Er tat in seiner Verstocktheit, als merke er es nicht. Ich kniete nieder, blickte hinauf in seine Augen und folgte der Richtung seines Blickes. Worauf starrte er? Ich fiel aus den Wolken, es war wirklich das kleine Stück Streichholz, auf das er starrte!
Ich schämte mich für ihn. Hatte es denn einen Zweck, von einem solchen Streichholz soviel Wesens zu machen? Ich ging mehrmals um das Karriol herum, um zu überlegen, wie ich dem Tier zusprechen sollte.

Wie er nur darauf komme, mir all die Ungelegenheiten zu bereiten? Hätten wir etwa im voraus verabredet, daß wir bei jedem Streichholz, das wir am Wege finden würden, haltmachen wollten? Ob er wohl meine, daß er das verantworten könne? Ob er ein Pferd von Ehre sei, was?

Er verzog keine Miene.

Ich setzte ihm scharf zu, ich machte ihn in schlimmster Weise zum Narren, hatte ihn ganz offen zum besten. Ein Streichholz! sagte ich verächtlich, eine Ware, die ich in ganzen Paketen fortschenken könnte, ob er das verstehe! Es hätte Tage gegeben, an denen ich in allen Taschen Streichhölzer gehabt hätte, so wenig reich ich auch aussähe. Wirf ein Streichholz auf den Boden, sagte ich, bitte mich, es aufzuheben, und sieh, ob ich es tue!

Er ließ sich durchaus nicht stören, er senkte den Kopf und starrte wie bisher vor sich hin.

Da wurde ich äußerst zornig, ich hatte den Eindruck, daß er mich ganz überhörte und daß er tat, als kenne er mich nicht. Was sollte ich tun? Ich ging auf dem Wege hin und her, fluchte und zuckte wütend die Achseln. Mit zitternder Stimme wandte ich mich dann wieder zu ihm und versuchte ihn mit schlagenden Argumenten zu überreden. Ob es vielleicht ein bedeutenderes Streichholz sei? Stehe es – wenn ich fragen dürfe – auf der Weltkarte? Wolle er mir etwa einbil-

den, daß es ein ungewöhnliches Streichholz sei, das kennenzulernen ein wahres Vergnügen bereite?
Ich schrie lauter und immer lauter und focht mit den Armen herum.
Jens blickte schließlich auf; er merkte, daß es Ernst war. Ich wollte den günstigen Augenblick benutzen, ergriff die Zügel und stieg hinauf. So, endlich konnte ich die Fahrt fortsetzen. Na? Es galt also nur zu erreichen, daß er den ersten Schritt machte, dann ging die Sache ganz von selbst. Er mußte ein Bein aufheben, dann folgten die andern nach. Natürlich, welches Bein er selbst wollte, er hatte die Wahl. Na?
Aber Jens ging durchaus nicht. Er senkte wieder den Kopf und begann von neuem vor sich hin zu starren. Da ergab ich mich, ich fiel wirklich zusammen. Nun war es mir ganz gleichgültig, wie es enden würde. Ich zog die Decke über mich und begann mich für die Nacht einzurichten. Jens zog ich überhaupt nicht mehr in Betracht. Wer wußte, wie lange er da noch stehen wollte? Wer konnte dafür bürgen, daß er überhaupt noch an die Reise dachte? Kein Teufel konnte riechen, ob er sich vor morgen früh von der Stelle rühren würde! In jedem Fall, sagte ich zu mir selbst, habe ich getan, was ich konnte; es ist nicht mehr meine Schuld, ich wasche meine Hände.
Da sehe ich unten am Hügel ein Karriol, das

uns entgegenkommt, selbst Jens stellt die Ohren auf und wiehert. Es war mein Skyßjunge, der sich auf der Rückfahrt befand. Er machte erstaunt halt und betrachtete uns. Da sprang ich ab und erzählte ihm, was mir widerfahren war. Der Junge wandte sogleich sein Pferd um und erbot sich, voranzufahren; Jens sei störrisch, sagte er, Jens müsse sozusagen mit einem andern Pferde gefahren werden.

Ich stieg wieder auf. Dieser Einfall, mit einem Führer, einem Vorreiter, war würdig eines Mannes in guter Stellung und gefiel mir sehr; es war wirklich dasselbe, als wenn man mit zwei Pferden fuhr. Ich vergaß und vergab, was sich vorhin zwischen Jens und mir ereignet hatte. Ich kam in beste Stimmung und begann ein Lied zu summen.

Und Bäume und Steine und Häuser tanzten an meinen Augen vorbei, indem wir daran vorübersausten. So fuhr ich mit zwei Pferden in die Station ein.

Weihnachten in der Berghütte

Es war sehr viel Schnee zu Weihnachten gekommen, das kleine Haus droben in den Bergen steckte nicht mit viel mehr heraus als mit dem Dach und den beiden obersten Balken. Es war übrigens auch nur eine Hütte, ein Häuslerplatz für eine Kuh, ein Schwein und ein Lamm.

Hier wohnte die Familie Sommer und Winter für sich allein.

Der Mann hieß Tor und die Frau Kirsti; und sie hatten fünf Kinder, die Timian bis Kaldäa hießen. Die Kaldäa war im Dienst unten im Dorf, und Timian hatte es durchgesetzt, nach Amerika zu gehen. Die drei Kinder, die noch zu Hause waren, waren zwei Jungen und ein Mädchen: Rinaldus, Didrik und Tomelena. Tomelena nannte man für gewöhnlich nur Lena.

Es war, wie gesagt, zu Weihnachten unmäßig viel Schnee gefallen, und der alte Tor hatte den ganzen Tag Schnee geschaufelt, so daß er ganz müde und abgearbeitet war. Nun hatte er alles gelesen, was für den Weihnachtsabend im Gesangbuch stand, und sich danach mit der Pfeife im Munde aufs Bett gelegt. Die Frau kochte und wirtschaftete am Herd, indem sie die ganze Zeit in der Stube hin und her ging und immer noch etwas zu ordnen fand.

Hat das Vieh schon was zum Abend bekommen? fragte Tor.

Ja, freilich, erwiderte die Frau.
Tor rauchte wieder ein Weilchen und sagte dann, indem er in seinen Bart lächelte:
Was kochst und brätst du da den ganzen Abend, Frau? Ich begreife gar nicht, wo du das alles hernimmst.
Oh, ich bin reicher, als ihr glaubt, erwiderte Kirsti, und sie lachte selbst über den Scherz.
Beim Abendessen sollte die Familie auch einen Schnaps haben, das war alter Brauch, und Rinaldus war derjenige, der in die Gläser einschenken sollte. Das war für ihn ein feierlicher Augenblick; er sollte die Karaffe mit den großen gemalten Rosen in seinen Händchen halten. Aller Augen beobachteten ihn.
Halte die Rosenkaraffe in der linken Hand, wenn du Leuten eingießt, die älter sind als du, sagte der Vater. Du bist alt genug, etwas anzunehmen und etwas zu lernen.
Und Rinaldus nahm die Rosenkaraffe in die linke Hand. Er goß so vorsichtig ein, daß es ein förmliches Schauspiel war, streckte dabei die Zunge heraus, legte den Kopf auf die Seite und goß.
Die Abendmahlzeit war das reine Festessen, es gab Fladenbrot, Sirup und ein Ei für jeden. Außerdem konnte man sehen, daß es Weihnachten war, denn es gab noch Butter zum Brote.
Tor sprach laut Luthers Tischgebet.

Aber nach der Mahlzeit irrte sich der kleine Didrik im Tage, ging zum Vater und zur Mutter und gab ihnen die Hand zum Dank fürs Essen. Der Vater ließ es ihn tun, bevor er etwas sagte; als er aber fertig war, sagte Tor doch:

Du solltest uns heute abend nicht für das Essen danken, Didrik. Es ist gerade nichts Verkehrtes dabei; aber du weißt, am Neujahrsabend sollst du für das Essen danken.

Didrik war nun so beschämt, daß er sich ganz zusammenduckte, und er brüllte beinahe los, als die Geschwister über ihn zu lachen begannen.

Tor hatte sich wieder mit der Pfeife im Munde auf das Bett gelegt, und die Frau wusch die Tassen ab.

Ja, das war ein tüchtiger Schneefall, den wir hatten, sagte sie.

Er ist wohl auch noch nicht zu Ende, erwiderte Tor. Der Mond hat einen Hof, und die Elstern fliegen dicht am Boden.

An einen Kirchgang ist für morgen wohl nicht zu denken, was?

Ach, Gott behüte. Du hast wohl nicht im Kalender nachgesehen, wenn du morgen auf Kirchgangswetter hoffst.

Wie ist denn da der Aspekt?

Er sieht wohl nicht besser aus als ein Kalb ohne Beine. Ich würde sonst nicht so schlecht davon reden.

Nein, wirklich!
Gib meine Brille her, Rinaldus, aber laß sie nicht auf den Boden fallen, fuhr Tor fort. Und er untersuchte noch einmal den gefährlichen Aspekt. Ja, da siehst du, sagte er zu der Frau. Es ist nicht besser, als ich sage.
Jesus behüte uns alle! meinte Kirsti und faltete ihre Hände. Bedeutet das da Unwetter?
Ja, das bedeutet Unwetter. Aber das hier ist doch wohl noch nicht der schlimmste Aspekt. Wenn du einen von der richtigen Sorte sehen willst, dann sieh dir hier den fünften Februar an. Das ist wohl kein geringerer als der Antichrist selbst, mit zwei Hörnern.
Jesus, Gott behüte uns alle! Und Timian, der in Amerika ist.
Nach diesem Ausruf trat für ein Weilchen Stille in der kleinen Stube ein. Draußen begann es zu stürmen und der Schnee zu fegen. Die Kinder unterhielten sich miteinander und vergnügten sich mit verschiedenen Dingen; die Katze ging von einem zum andern und ließ sich streicheln.
Ich möchte wohl wissen, was der König am Weihnachtsabend ißt? brachte Didrik hervor.
Haha, da gibt es wohl feine Butter und süße Kuchen, rief die kleine Lena, die erst acht Jahre alt war und es nicht besser wußte.
Denke, süßen Kuchen! Und dann auch noch Butter darauf, sagte Didrik. Und der König trinkt wohl eine ganze Rosenkaraffe allein aus?

Aber Rinaldus, der der Älteste war und bereits weit in der ›Auslegung‹ gekommen, lachte über dieses Gerede laut auf: Nur *eine* Rosenkaraffe! Haha, der König trinkt mindestens zwanzig!
Zwanzig, sagst du?
Ja, die trinkt er mindestens.
Nein, bist du verrückt, Rinaldus! Es ist unmöglich, mehr als zwei zu trinken, sagte die Mutter, die am Herde stand.
Aber nun mischte sich auch Tor hinein.
Was faselt ihr da? sagte er. Glaubt ihr denn etwa, der König trinkt solchen gewöhnlichen Schnaps? Der König trinkt etwas, was Schampanertrunk heißt, will ich euch sagen. Davon kostet eine einzige Flasche fünf bis sechs Kronen, je nachdem wie die Preise in England sind. Und den trinkt der König von früh morgens bis spät am Abend, nichts als Schampanertrunk. Und jedesmal, wenn er ein Glas ausgetrunken hat, stößt er es so hart auf das Tablett, daß es zersplittert, und sagt zur Prinzessin: Nimm es fort! sagt er!
Aber in Jesu Namen, warum zersplittert er denn die Gläser? fragt Kirsti.
He, solch eine Frage! Glaubst du, daß er sich herabläßt, die ganze Zeit aus ein und demselben Glase zu trinken, so ein Mann, wie der ist?
Pause.
Ich begreife nicht, Tor, woher du immer alles weißt, sagt die Frau ganz still.

Ach, erwidert Tor, bei mir hapert's auch manchmal; es war zwar nicht so leicht zu meiner Zeit, vor dem Pfarrer zu bestehen. Damals mußte man seine Dinge können.

Dann erhob sich Tor, legte die Pfeife fort und fragte nach dem Pulver. Er wußte wohl, wo es versteckt war, denn er hatte es selbst am Fußende des Bettes vergraben, als er das letzte Mal vom Krämer kam; aber er fragte doch danach und rief dadurch eine feierliche Stimmung in der Stube hervor.

Als das Pulver hervorgeholt war, teilte er es in drei gleiche Teile und packte es in dreieckige Papierstücke ein. Dann setzte er die Mütze auf. Die Kinder versammelten sich neugierig um ihn und baten, mit ihm gehen zu dürfen, denn sie wußten, was bevorstand. Und bald saß Kirsti allein in der Stube.

Tor und die Kinder arbeiteten sich bis zum Kuhstall durch, sie wollten das Pulver verbrennen. Der Schnee fegte wild um sie herum. Tor machte das Zeichen des Kreuzes, dann öffnete er die Stalltüre und machte abermals das Zeichen des Kreuzes, nachdem er eingetreten war. Der Stall lag im Halbdunkel, alles war still, man hörte das Wiederkauen der Kuh. Tor zündete ein Lichtstümpfchen an und steckte dann die Pulverpäckchen an, eins für die Kuh, eins für das Schwein und eins für das Lamm; die Kinder sahen mit heimlichem Beben zu, keines von ihnen sagte ein Wort. Dann machte Tor wieder das Zeichen des Kreuzes und ging. Er rief nach Lena, die zurückgeblieben war, um das Lamm zu streicheln, daß sie sich sputen möchte und kommen. Und Tor und die Kinder kehrten wieder in die Stube zurück.

Das ist ein richtiges Wetter draußen, sagte er, der ganze Berg steht wie in Rauch.

Er legte sich wieder aufs Bett, bis der Kaffee fertig war, während die Kinder mit Kleinigkeiten sich am Tisch zu beschäftigen begannen. Sie wurden immer lauter und lachten dazu bisweilen über die geringfügigsten Dinge. Tor sprach durch das Zimmer hin zu seiner Frau.

Ja, ich möchte wirklich wissen, was . . . Nein, Kinder, ihr lärmt so, daß man sein eigenes Wort nicht versteht . . . ich möchte wirklich wissen, wo ich hin soll und mich wieder nach ein bißchen Arbeit umsehen, sagte er.

Die Frau goß Kaffee ein.

Ach, da findet sich schon Rat mit Gottes Hilfe, erwiderte sie. Vielleicht gibt es unten im Dorf ein wenig Drescharbeit.

Ach ja, da findet sich schon was . . . Komm, trink nun Kaffee.

Als Tor seinen Kaffee getrunken hatte, zündete er wieder seine Pfeife an. Er zog die Frau zur Türe hin und flüsterte dort ein Weilchen mit ihr, so daß die Kinder sich fast verrückt lauschten, um zu hören, was da gesagt wurde. Als aber

die kleine Lena ihren naseweisen Kopf zwischen die Eltern stecken wollte, wurde sie schnell fortgeschoben, und die Brüder riefen ihr schadenfroh zu:
Siehst du, da hast du's!
Aber Klein-Lena war doch so nett und lieb, daß niemand das Herz hatte, sich über sie lustig zu machen. Darum gab Rinaldus ihr auch gleich darauf einen großen, blanken Knopf und erfreute sie mit dem wenigen, was er hatte.
Der Vater ging zum Schrank hin und nahm dort ein Paket herab. Dieses Paket enthielt eine Sendung von Timian in Amerika, eine Boa aus weichem, schwarzem Fell und mit Quasten. Timian hatte wohl daran gedacht, wie kalt es dort oben in den Bergen im Winter war, und dann hatte er diese Boa heimgesandt, die die wärmste Halsbinde war, die er je gesehen hatte. Sie war wohl auch nicht so billig gewesen.
Aber wer sollte nun die Boa haben? Tor wie auch seine Frau hatten über die Frage des langen und breiten nachgedacht, und endlich bestimmt, daß Rinaldus sie haben sollte; denn Rinaldus wäre der Ältere, außerdem hatte er oft Gänge ins Dorf zu machen, so daß er wohl etwas Warmes brauchen konnte.
Rinaldus, komm her! sagte Tor. Hier ist eine Halsbinde von Bruder Timian für dich. Und das ist eine gehörige Halsbinde! Aber du mußt vorsichtig damit sein, damit du noch etwas Feines

um den Hals hast, wenn du vor dem Pfarrer stehst. Da, verbrauch sie mit Gesundheit!

Nun entstand eine Verwunderung und Freude, an der alle teilnahmen. Die weiche Boa wurde eine halbe Stunde lang beschaut und befühlt, und die kleine Lena ward nicht müde, mit ihren kleinen blauen Händchen darüber hin zu streichen. Aber sie durfte sie nicht fest umlegen, nein, ja nicht umlegen, sie wäre noch zu klein dazu. Dagegen bekam Lena ein kleines Licht, und dieses Licht zündete sie fortwährend an und löschte es wieder aus, denn sie konnte es sich nicht leisten, es brennen zu lassen. Didrik war der einzige, der nichts bekam; aber der Vater versprach ihm eine ganz neue biblische Geschichte, sobald er mit Drescharbeit im Dorfe unten ein wenig Geld verdienen könnte.

Der Schnee trieb immer dichter gegen die Scheiben, und bisweilen fiel sogar Schnee durch den Schornstein herab, bis ins Feuer auf dem Herde. Es war schon spät und Zeit, zu Bett zu gehen; morgen gab es wohl wieder dieselbe Arbeit mit dem Schneeschaufeln.

Ja, geht nun auf den Hängeboden hinauf und legt euch zu Bett, Kinder! sagte Tor. Betet zu Jesus, bevor ihr einschlaft, und macht das Zeichen des Kreuzes über Gesicht und Brust.

Und die Kinder krochen dann, eines nach dem andern, die Leiter hinauf. Rinaldus durfte seine Boa, in Papier eingewickelt, mitnehmen, und

Lena kam mit ihrem Lichte in der Hand nach...
Um zwölf Uhr, als alle schliefen, hörte die Mutter in der Stube oben etwas rascheln. Sie rief hinauf, ob jemand oben wach wäre. Keine Antwort. Alles blieb still. Ein Weilchen später trippelten kleine Füße über den Boden, die vorsichtigsten Schritte, die man kaum noch hören konnte – das war die kleine Lena, die sich doch im Dunkeln zu der Boa hingeschlichen hatte, um sie umzulegen, und nun schreckliche Angst hatte, dabei ertappt zu werden.
Die feine Boa! Es war der weichste Gegenstand, der je in der Berghütte gewesen war, und Rinaldus benutzte sie nur zweimal mit größter Vorsicht beim Kirchgang. Aber trotzdem begannen im Sommer jämmerlich die Haare auszufallen, und in die Quasten kamen wahrhaftig die Motten.

Johannes Treu

Einer unserer Kameraden erzählt:

Um fünf Uhr am Weihnachtsabend schloß ich meine Tür ab und ging zu Quisling hinüber. Es war kalt draußen, und ich wußte, daß Quisling eingeheizt hatte; vielleicht gab es bei ihm auch etwas zu essen. Quisling hatte freilich nichts, wovon er leben konnte; aber er lebte doch und ließ jedem Tage seine Sorge. Er war niemals völlig ohne Mittel, vor einer Woche ging er sogar aus und kaufte sich ein Paar neue Gummischuhe, obschon die Kasse sehr mager war.
Ich trete ein und sehe Quisling im Halbdunkel am Tisch.
Setz dich! sagte er kurz.
Das war so seine Art. Er sagte nicht: Bitte sehr, setz dich! sondern kurz und bündig: Setz dich!
Fröhliche Weihnachten! sagte ich. Bei dir ist es aber schön warm, ich habe heute bei mir nicht geheizt, mein Ofen hat auch keinen rechten Zug, so daß es doch nichts hilft.
Darauf erwiderte Quisling nichts. Er erhob sich und holte ein Stückchen Schlackwurst und ein großes Stück Brot vor. Ich saß da und sah nach der anderen Wand hin, während er damit beschäftigt war, und als Quisling mich einlud, zuzugreifen, und mir am Tisch sogar einen Stuhl zurechtschob, stellte ich mich ordentlich über-

rascht: Nein, mein Lieber, was du auch alles für Einfälle hast! So, etwas zu essen hast du auch? Na, besten Dank, es lohnt sich ja schon, ein wenig zu essen, besonders wenn es so etwas Gutes ist.
Dann begann ich also ein ganz klein wenig zu essen.
Ach, mach dich doch nicht zum Narren! Iß das doch auf, sagte Quisling.
Und ich aß die Wurst und das Brot auf, weil er es wünschte.
Ein Weilchen saß Quisling in Gedanken da, dann erhob er sich, zauste sich an den Haaren und murmelte:
Du solltest auch einen Schnaps haben, aber ich besitze keinen ... Was meinst du dazu, wenn wir zu Johannes Treu hinübergingen?
Ach, erwiderte ich gesättigt, was sollen wir denn bei ihm? Aber wenn du meinst.
Ja, Quisling wollte zu Johannes Treu hinüber, und er zog seine Gummischuhe an.
Johannes Treu war ein sehr merkwürdiger Mensch, ein Bauernsohn, Student der Theologie und praktisch wie ein Schmied. Er war so genau und geizig, daß er kaum je pünktlich seine Miete bezahlte; er wohnte auch so schlecht, wie ein Mensch nur wohnen kann, in einer Kammer, in der es weder anständige Stühle noch etwas an den Fenstern gab. Aber niemand hätte von Johannes, wenn er ihn auf der Straße sah, den

Eindruck bekommen, daß er schlechter wohnte als andere; nach meiner Meinung war er immer sehr fein gekleidet und ging im Regenwetter sogar mit einem Regenschirm.
Er wird jetzt doch wohl zu Hause sein, sagte Quisling und klopfte an.
Ja, er war zu Hause.
Fröhliche Weihnachten!
Wir setzten uns, so gut es ging, und begannen zu schwatzen. Ich sehe mich um. Die Dielen fallen gegen die Tür hin stark ab, das Dach ist schräg, mit einem Fensterchen darin. An der Wand hängen ein Zylinder und ein Strohhut, sonst war alles kahl an allen vier Wänden, nur diese beiden Hüte. Und in dem Bett waren fast gar keine Decken.
Da sagte Quisling plötzlich:
Du bist eigentlich ein merkwürdiger Mensch, Johannes Treu. Es wäre vielleicht nicht unmöglich, daß du mir sogar fünf Kronen borgen könntest, wenn ich dich darum bäte?
Hm! Nein, das kann ich nicht recht, erwiderte Johannes darauf. Das ist mir jetzt nicht möglich. Ich sollte etwas Geld von zu Hause bekommen; aber es ist noch nicht da.
Ja, denn in den nächsten Tagen bekomme ich ja auch Geld, fuhr Quisling fort, ja, ich habe Nachricht erhalten, daß etwas für mich ankommt, so daß du es also nicht etwa verlierst.
Ja, das weiß ich ja, aber ... Nein, leider, im

Augenblick tut es mir leid. Ich konnte heute, am Heiligen Abend, nicht einmal ein reines Hemd anziehen, nur weil ich meine Wäsche nicht einlösen konnte, sagt Johannes. Und er zeigt uns obendrein, daß sein Hemd schmutzig ist.

Pause.

So, bei dir geht es also auch schmal zu? wirft Quisling hin, und wir beide hatten auf dich unsere Hoffnung gesetzt.

Johannes schüttelt nur den Kopf und lächelt. Ich sagte nichts, ich war satt und brauchte nichts mehr. Aber ich lachte ein wenig bei mir im stillen, daß Quisling an einem der nächsten Tage Geld erwarten sollte: von wo in aller Welt sollte das wohl herkommen?

Ja, es ist ja nur einmal im Jahr Weihnachten, Johannes, du mußt uns, hol mich der Teufel, doch etwas für heute abend vorstrecken, sagt Quisling geradezu. Da hilft alles nichts!

Nein, ich? erwidert Johannes ganz erschreckt; was kann ich euch vorstrecken?

Da zeigt Quisling nach der Wand hin, auf die zwei Hüte, und sagt:

Ja, wenn du kein Geld hast, dann mußt du uns den Zylinder versetzen lassen.

Den Zylinder? Johannes springt auf. Nein, ich bin doch nicht verrückt.

Hast du schon so einen Schweinehund gehört? ruft Quisling mir zu und sieht äußerst erstaunt

aus. Er hat zwei Hüte und will uns nicht einmal einen leihen zum Versetzen!
Doch, du kannst den Strohhut nehmen.
Ja, den Strohhut, danke bestens. Wieviel glaubst du wohl, daß man um diese Jahreszeit für einen Strohhut bekommt?
Nein – nein!
Pause.
Quisling wiederholt sein Verlangen.
So etwas Verrücktes habe ich doch noch nicht gehört! schreit Johannes Treu. Vielleicht willst du haben, daß ich hier um Weihnachten mit einem Strohhut auf die Straße gehen soll?
Ich sage noch immer nichts, denn ich sitze da so satt und behaglich. Aber mir schwebt der Gedanke vor, vielleicht Ohrenklappen an diesen Strohhut anzunähen, um ihn benutzbar zu machen, und ich dachte mir so etwas wie rote Flanell-Ohrenklappen, weil ich kurz vorher an recht warme Flanellhemden gedacht hatte.
Indessen fuhren die beiden in ihrer Debatte fort.
Wenn wir *darüber* reden wollen: du sitzest da ja mit einem Paar funkelnagelneuen Gummischuhen, sagt Johannes Treu, warum versetzt du die denn nicht?
Da zieht Quisling den einen Gummischuh ab und streckt den Fuß in die Höhe. Seine Schuhe zeigten klaffende Löcher, es war das reine Elend, das sahen wir alle drei.

Findest du etwa, daß ich die Gummischuhe entbehren kann? fragte er.
Nein, nein. Aber in Jesu Namen, was geht das mich an?
Quisling steht auf und greift nach dem Zylinder an der Wand. Das vollzog sich in einer Sekunde. Aber Johannes kam ihm doch zuvor, er riß den Hut an sich und hielt ihn vorsichtig weit von sich ab, um nirgends damit anzustoßen.
Steh auf! schrie mir Quisling zu. Zum Teufel, nehmen wir ihm doch den Hut!
Ich stand auf. Johannas rief drohend: Ihr macht mir nicht meinen Hut kaputt, das sage ich euch!
Aber dann mußte er ihn doch hergeben. Es war eine Kleinigkeit für uns, ihn zu überwältigen. Johannes' Bauerninstinkt sagte ihm außerdem klar, daß der Hut weder für ihn noch für andere etwas wert war, wenn er eingedrückt würde, darum ließ er ihn schnell los.
Nun wollte Quisling ihn versetzen und für das Geld Eßwaren kaufen. Wenn nur die Leihgeschäfte nicht schon geschlossen waren! Als er zur Tür hinausging, murmelte er noch: Hat man schon je einen solchen Schweinehund gesehen! Ich habe sozusagen Geld auf der Post liegen, und doch will er mir nicht ...
Selbst Schweinehund! äffte ihn Johannes nach. Und er öffnete die Tür und schrie ihm die Treppen hinunter nach: Du, verlier nicht den Schein, das sag ich dir!

Johannes Treu war recht wütend. Eigentlich sollte er jetzt fortgehen, sagte er. Aber dann fiel ihm ein, daß er doch einen Anteil an der Mahlzeit haben und vom Zylinder retten wollte, was gerettet werden konnte. Er setzte sich und begann zu überlegen, wieviel Quisling auf den Hut bekommen würde, er wurde dabei wieder ruhig, sein Zorn schwand, und er fragte mich sogar, ob ich glaubte, daß man wohl sechs Kronen für den Hut geben würde. Ich hatte mich wieder auf den Boden gesetzt und den Rücken gegen die Wand gelehnt; es fehlte nicht viel, so schlief ich ein.

Johannes wurde wieder unruhig. Warum kam Quisling nicht, wo blieb er nur? Er drückte sich doch wohl nicht mit dem Gelde? Und Johannes öffnete sein Dachfenster, trotz der Kälte, um den Kopf hinauszustecken und ein wenig auf die Gasse hinunterzublicken. Wenn er nur auch so verständig ist und ein wenig Schlackwurst mitbringt! murmelte er.

Endlich kam Quisling. Nein, er hatte keine Schlackwurst, er hatte für den Zylinder nur zwei Kronen bekommen, und die waren für Kognak draufgegangen. Quisling stellte die Flasche hart auf den Tisch.

Was ist das für eine Art Zylinder, die du trägst? zeterte er. Zwei Kronen! He, he, zwei Kronen!

Wo hast du den Schein? rief Johannes wieder aufgebracht. Und als er den Schein bekommen hatte, zündete er ein Licht an und untersuchte ihn mißtrauisch, ob er auch nicht mehr Geld auf den Zylinder bekommen hätte.

Ein Weilchen später waren wir jeder am Tisch gewesen und hatten ein Gläschen getrunken. Ich trank ziemlich viel und war sehr gierig, auch Johannes trank viel; es war, als wollte er seinen Anteil ordentlich bergen. Nur Quisling war so vorsichtig, sein Glas jedesmal nur halbvoll zu gießen.

Es ist unverschämt, wie ihr sauft, sagte er.

Der Kognak hatte auch mich wieder belebt, ich wollte diese Zurechtweisung nicht hingehen lassen, ich kam mir so stark und energisch vor, daß ich antwortete:

Mißgönnst du es uns? Höre, Johannes, wir sollen nicht so unverschämt saufen!

Quisling sah mich an. Was fehlt denn *dir*? sagte er.

Johannes war recht vergnügt geworden. Er trank noch ein Glas, indem er geltend machte, daß der Kognak eigentlich ihm gehöre, und wurde immer lustiger und fing an zu jubilieren. Ein Weilchen später fragte er wieder nach der Schlackwurst. Quisling füllte auch mein Glas und brachte es mir hinüber, weil ich am Boden saß; ich nahm es nicht an.

Du bist doch wohl nicht beleidigt? fragte Quisling und sah mich wieder aufmerksam an.

Ich erwiderte, er solle sich um mich keine Sorge

machen, ich würde ihm seinen Kognak nicht austrinken. Wenn er nichts dagegen hätte, könnte ich ja hier sitzen bleiben, wo ich säße. Aber ich könnte auch ebensogut gehen.
Pause. Quisling starrte mich unbeweglich an.
Wenn du zurechnungsfähig wärest, würde ich dir eins hinter die Ohren geben, verstehst du. Aber du armer Mensch bist ja nicht zurechnungsfähig, sagte er und ging von mir fort.
Du glaubst vielleicht, ich bin betrunken? rief ich.
Nein, betrunken? Aber du bist wenigstens einmal satt.
Ich blieb sitzen, um darüber nachzudenken, und währenddessen machte sich Johannes beim Kognak zu schaffen. Nun war es mit ihm schon ziemlich weit gekommen, er summte und schwatzte mit sich selbst.
Beleidigt? sagte er, wer ist beleidigt? Ich meine, ihr sprecht von jemand, der beleidigt wäre? Er konnte auch die Schlackwurst nicht vergessen und sagte geradezu, er hätte noch nie von Weihnachten ohne Schlackwurst gehört. Plötzlich schlug er vor, wir sollten etwas singen. Johannes und Quisling intonierten: Wenn die Abendsonne lächelt.
Mehrstimmig! rief Johannes.
Und sie sangen es noch einmal, mehrstimmig.
Ich hörte zu, aber sie waren noch nicht über den ersten Vers hinaus, so erhob ich mich und trat

hervor, tiefe Rührung hatte mich ergriffen; ich erfaßte Quislings Hand und stammelte etwas.
Es ist schon gut, sagte Quisling. Und als er gesagt hatte, es wäre gut, setzte ich mich wieder hin.
Johannes stimmte ein neues Lied an, ein schwedisches Lied von Bianca. Hört, geht und besorgt etwas Schlackwurst, sagte er dann abermals.
Ja, gib nur Geld, erwiderte Quisling. Ich weiß, du hast Geld, mich hältst du nicht zum Narren!
Johannes Treus Miene veränderte sich plötzlich, er setzte sich auf den Bettrand und unterdrückte seinen Rausch, so gut er konnte. Der Bauer erwachte wieder in ihm, vorsichtig faßte er nach der Brusttasche und sagte mit der schlauen Dummheit eines betrunkenen Menschen:
So, du weißt, daß ich Geld habe? Wer hat dir das erzählt? Du kannst mich ganz durchsuchen – ich konnte heute ja nicht einmal meine Wäsche einlösen.
Nein, natürlich, sagte Quisling, es war ja auch nur Scherz. Dir geht es gerade so elend wie uns.
Ja, du hast ja so recht!
Kein Mensch wird einen Kerl, der in solch einem Loche wohnt, im Verdacht haben, Geldmann zu sein, fuhr Quisling fort.
Ach, was das anbelangt, so . . .

Nein, da ist nichts zu reden. Ein Mann, bei dem nicht einmal ein Schwein logieren möchte, ist natürlich ein armer Teufel, gerade wie wir, ein reiner Lump. Selbstredend ist es keine Schande, einen Zwei-Kronen-Zylinder zu tragen, wenn man dazu genötigt ist.
Dazu genötigt? rief Johannes. Oh, das ist noch nicht gesagt, daß ich . . .
Das ist wahr und beschworen! Du willst uns doch wohl nicht etwas weismachen?
Johannes sprang vom Stuhl auf, all seine Vorsicht verließ ihn, er gab seiner Empörung nach, schlug auf den Tisch und nannte sich den Sohn des reichen Treu, den Treuer-Jungen. Er riß seine Brieftasche aus der Rocktasche hervor, hielt sie Quisling dicht unter die Nase und rief:
Siehst du das hier? Ich frage, ob du es siehst?
Quisling sah sehr verwundert aus und wich zurück.
Ja, das ist der Sohn des reichen Treu! sagte Johannes; aber man hätte es doch nicht glauben sollen, was? Du hast mich nicht dafür angesehen?
Nein, sagte Quisling und schüttelte, wie geschlagen, den Kopf.
Johannes bekam immer mehr Geschmack an der Sache, er genoß mit Entzücken die Verblüfftheit Quislings und ging weiter und weiter in seiner Prahlerei. Er blies sich geradezu auf, stellte sich auf die Zehenspitzen und schrie, und

er kam her und hielt auch mir die Brieftasche unter die Nase.

Aber eine leere Brieftasche imponiert mir nun auch nicht, sagte Quisling herausfordernd.

Eine leere –? He, du Dackel! Johannes begann Geldscheine hervorzuziehen und fächelte mit all seinem Geld in der Faust und verfolgte Quisling in alle Ecken der Kammer, indem er ihm mit den Scheinen zu Leibe rückte. Ob er das eine leere Brieftasche nennen wolle? He – he – he! Ja, er müßte ihn schon fragen, da er ja so einfältig sei. Er sei nur Johannes Treu, der arme Treuer-Junge. Nicht einen Heller hätte er in seiner Tasche! He – he – he!

Seine Prahlerei wollte gar kein Ende nehmen, er setzte sich, leerte die Flasche bis zur Neige und fuhr fort, groß zu tun.

Quisling sagte endlich: Ja, das habe ich ja die ganze Zeit gesagt, daß du ein merkwürdiger Kerl bist, Johannes Treu! Na, wie steht es denn nun mit den fünf Kronen? Nun ist die Mahlzeit zu Ende, und es ist doch noch immer Weihnachtsabend.

Aber, sagte Johannes, als wenn er ununterbrochen seine Rede fortsetzte und Quislings Worte nicht gehört hätte, – aber – mein Geld habe ich euch jetzt nicht gezeigt, um es euch zu leihen. Da täuscht ihr euch gründlich.

Und als Quisling wieder begann, ihn mit den schlimmsten Schimpfworten, die ihm einfielen,

zu überhäufen, sah Johannes ein, daß er etwas tun müsse, er unterbrach Quisling also und fuhr fort: Denn solange ihr meine Gäste seid, braucht ihr euch kein Geld zu borgen, um etwas für dieses Haus zu kaufen. Das wird der Treuer-Junge selbst besorgen, die Zeche bezahle ich!
Bravo! rief Quisling vergnügt.
Und durch dieses Bravo wurde Johannes Treu noch mehr aufgestachelt, er erhob sich, griff in die Westentasche und zog ein Halbkronenstück hervor, das er für Quisling auf den Tisch warf, so daß es klirrte, und sagte:
Für Schlackwurst!
Quisling war überwältigt, das war allzuviel.
Für Schlackwurst? Das alles? Mensch, bist du toll? rief er.
Und Johannes stand steif in seinem Stolz und sann, wie er noch etwas für uns tun könnte und wurde feierlich, er änderte sogar seine Rede und faßte Quisling beim Knopfloch:
Ich ermächtige dich hiermit, eine lange Schlackwurst zu kaufen, auf meine Rechnung! Halt, keinen Schritt! Hier sind fünf Kronen, gib mir das Halbkronenstück zurück!
Ich ermächtige dich, die beiden längsten Schlackwürste zu kaufen, die du bekommen kannst, und eine neue Flasche Kognak auf meine Rechnung! Da sind fünf Kronen, hast du nicht Geld genug, so sag's, hier auf meiner Brust gibt's mehr! Denn hier siehst du den Sohn des reichen Treu

in höchsteigener Person, wenn du ihn noch nicht gesehen haben solltest!

Quisling riß sich schließlich los und eilte davon.

Johannes rief ihm noch nach:

Sieh zu, daß man dir richtig auf den Fünfer herausgibt. Denn du bekommst viel zurück.

Einige Minuten vergingen, ganze zehn Minuten vergingen, Johannes redete unaufhörlich, und ich wurde so schläfrig davon. Viermal setzte er sich neben mich auf den Boden und sprach; aber er hatte keine Ruhe und stand immer wieder auf. Er sang auch.

Wir hörten Schritte auf der Treppe, langsame Schritte. Johannes lächelte.

Hörst du, er hat schwer zu tragen, sagte er und streckte grinsend die Zunge heraus.

Aber Quisling hatte nicht schwer zu tragen, er trug gar nichts, die Läden waren geschlossen gewesen, als er hinunterkam. Quisling fluchte wütend auf alle Händler der Stadt.

Johannes war der einzige, der dennoch ganz vergnügt war; es war kein Zweifel, er freute sich im stillen und fragte sogleich nach dem Gelde. Auch er schalt heftig auf die Händler; aber konnte man *ihm* einen Vorwurf machen? Hatte er uns nicht freihalten wollen? Ja, er hätte sogar daran gedacht, Quisling mit noch einem Fünfkronenstück nachzulaufen, das nur zur Bewirtung für uns hätte dienen sollen. Denn es käme ihm nicht auf ein paar Heller an . . .

Das Licht war herabgebrannt, es war spät am Abend. Johannes begann zu gähnen und wollte zu Bett gehen. Quisling saß ganz still, er dachte über etwas nach. Er wußte immer so viele Auswege. Dann müssen wir wohl gehen, sagte er zu mir, nach Hause gehen und uns zu Bett legen, dann vergessen wir vielleicht, daß heute Weihnachten war.

Und er drehte sich nach Johannes Treu herum und sagte ihm gute Nacht. Wir hätten an einem solchen Abend richtig zusammenhalten sollen, wir drei! sagte er. Ja, aber Johannes könnte doch wohl nicht mitgehen!

Er könnte nicht . . .?

Nein, könnte er denn mit dem Strohhut auf die Straße hinaus?

Ach ja, das könnte der Sohn des reichen Treu schon.

Und Johannes setzte seinen Strohhut auf und schwankte voran die Treppe hinab.

Als wir auf die Straße hinuntergekommen waren, schlug Quisling den Weg zur Kaffeehausgegend ein, Johannes' Strohhut leuchtete wie ein Glorienschein auf seinem wackelnden Kopfe, und er mußte ihn dann und wann wegen des Windes festhalten. Quisling ging voran, bis wir zu den Katakomben gekommen waren. Hier blieb er stehen.

Nein, das geht nicht, Johannes Treu, sagte er. Die Leute glotzen dich an und sagen, du wärest

ein Narr, der im Strohhut den Weihnachtsmann macht. Das kannst du dir nicht gefallen lassen.
Johannes fuhr wieder zusammen.
Wer sagt, daß ich ein Narr bin? schrie er und war bereit, auf den ersten besten loszugehen. Wieder flammte er auf, er ging unnötig nahe zur Türlaterne der Katakomben hin, damit die Leute recht seinen Strohhut sehen sollten, er nahm ihn ab, um ihn herumzuschwingen, setzte ihn in den Nacken zurück und sagte, er schwitze, es wäre so warm, und er möchte überhaupt denjenigen sehen, der es wage, den Sohn des reichen Treu anzuglotzen.
Als Quisling ihn so weit gebracht hatte, war es nicht schwer, ihn auch in die Katakomben hineinzubekommen, wo dann Johannes Treu doch seine fünf Kronen springen ließ.
Und es zeigte sich, daß Quisling den ganzen Tag gar nichts gegessen hatte, obschon er mir eine reichliche Mahlzeit vorgesetzt hatte . . .

Dann begann ein anderer Kamerad zu erzählen.

Weihnachtsschmaus

Ein Geschehnis aus dem Bävertal

Ein großer Schlitten fährt in schneller Fahrt auf der Straße dahin, und die Schellen klingeln. Es ist Frostwetter, Schnee und sternenklarer Himmel.

Es sitzt ein junges Paar in dem Schlitten. Sie reden nicht miteinander. Alles, was er sagt, läßt sie unbeantwortet. Bei der Brücke, wo der Wind heftig bläst, fragt er, ob sie friere. Sie antwortet verdrießlich, ja, ihr sei kalt.

Bei dem großen Ackerfelde sagt er:

Ja, nun sind wir gleich da!

Bald leuchteten ihnen die Lichter eines großen Bauernhofes entgegen. Auf dem Hofplatz stand der Oberknecht.

Guten Abend, Brede, grüßen die Fremden.

Guten Abend, erwidert der Knecht und will die Zügel nehmen.

Die junge Frau steigt aus dem Schlitten aus, zieht ihren Fausthandschuh ab und reicht dem Knechte die Hand. Sie kannten einander. Ihre Hand war kalt, die seinige heiß. Sie sprachen weiter nichts, er sagte nur:

Das ist Martha, wie ich sehe!

Sie geht sogleich mit ihrem Mann ins Haus, und Brede führt die Pferde in den Stall.

Einige Minuten später geht Brede in die Küche

hinein und setzt sich auf die lange Bank. Er ist ein junger, kräftiger Bursche und hoch von Wuchs. Der Lärm und das Lachen in den Stuben dringt bis in die Küche hinaus, wo die Mädchen emsig mit der Abendmahlzeit beschäftigt sind. Man hört, es gibt ein Fest auf dem Hof.

Die Tür geht auf, und Martha kommt heraus.

Sie begrüßt die Leute und streichelt den Hund. Darauf wendet sie sich an Brede und bittet ihn, nach ihrem einen Fausthandschuh zu suchen, den sie unten im Schlitten verloren haben müsse. Während sie spricht, fällt das Licht der Lampe auf ihr Gesicht. Sie ist eine junge, blonde, üppige Frau.

Brede sieht sie einen Augenblick an und geht stumm hinaus.

Kurz darauf geht auch Martha hinaus. Sie trifft Brede beim Schlitten.

Findest du den Handschuh nicht? fragt sie.

Nein! erwidert er.

Sie suchen beide eine Weile. Dann sagt sie:

Du hast dich im letzten Jahr nicht sehr verändert!

O doch, erwidert er, das war ein langes Jahr!

Ja, sagt auch sie, das war ein langes Jahr. Und du bist niemals in unserer Gegend gewesen.

Sie finden den Handschuh nicht. Sie bleiben an der Treppe stehen. Er sagt:

Du frierst ja, Martha, du hast so wenig an!

Das ist ja gleichgültig, erwidert sie leise.

Ihr Mann kommt heraus. Sein Gesicht sieht munter und komisch aus. Er hat mehrere Schnäpse getrunken. Martha blickt ihn unwillig an und geht sogleich hinein.
Komm und nimm auch ein Glas, Brede, sagt der Mann gutmütig.
Sie gehen beide in die Küche hinein, und die Flasche wird geholt. Bei dem dritten Glase weigert sich Brede, mehr zu trinken; aber der Mann fährt fort, ihn zu nötigen. Da trinkt er noch ein viertes Glas, steht plötzlich auf und geht aus der Küche hinaus.
Er geht zur Gesindestube hin. Dort sitzen noch zwei andere Knechte und spielen beim Schein eines Lichtes Karten. Es ist gegen acht Uhr.
Brede setzt sich für sich allein hin. Er lauscht ein wenig auf nahende Schritte im Schuppen. Man kommt, uns zum Essen zu rufen, denkt er. Aber es war Martha, die kam.
Spielst du nicht Karten? fragte sie Brede.
Nein, erwidert er.
Willst du mir dann draußen bei etwas helfen? sagt sie.
Brede folgt ihr hinaus.
Was willst du? fragt er.
Sie antwortet nicht. Es ist dunkel im Schuppen. Sie hat seine Hand ergriffen, und er hört ihr Herz klopfen.
Wie seltsam es ist, dich wiederzusehen! sagt sie.

Darauf antwortet Brede nichts. Sie fragt:
Du machst dir vielleicht nichts mehr aus mir?
Nein, erwidert er. Geh wieder hinein, Martha!
Eine Minute verfließt, sie läßt plötzlich seine Hand los, stößt sie von sich und sagt, ganz außer sich:
Ja, fort mit dir, laß mich vorbei!
Er blieb verwirrt und verlegen stehen. Er blickte auf den Hof hinaus; sie war schon verschwunden.
Dann wurde zum Essen gerufen. Brede ging in die Küche hinein und setzte sich mit den anderen Knechten an den langen Tisch. Mitten während der Mahlzeit kommt Marthas Mann wieder mit der Flasche heraus. Sein Gesicht ist heißer geworden und lustiger, er spendiert allen, besonders aber Brede. Martha kommt auch heraus, sie lacht und scherzt mit ihrem Mann.
Schenk nun Brede ein! sagt sie.
Der Mann schenkt ein. Brede trinkt einmal ums andere; aber plötzlich sagte er:
Warum soll ich so viel kriegen?
Trink! erwidert der Mann.
Brede steht zornig vom Tisch auf, ergreift seine Mütze und eilt hinaus.
Ihm nach! ruft Martha.
Alle lachen. Martha verfolgt ihn, ihr Mann läuft ihm mit der Flasche lachend und schreiend nach. Immer mehr Leute kommen aus dem Hause heraus, um zuzusehen, darunter auch Marthas

Vater, der Hofbesitzer. Er lacht, daß er sich schüttelt, und hält sich seinen Bauch. Brede eilt im Sprung auf die Scheune zu, merkt, daß er verfolgt wird, und läuft schnell entschlossen die hohe Leiter hinauf, höher und höher, ganz bis zur Spitze. Dann steigt er auf das Scheunendach hinüber. Hier setzt er sich in den Schnee.

Der Mond ist aufgegangen, der Abend ist klar und hell.

Paß auf, da oben ist es gefährlich! ruft Martha.

Brede antwortet nicht.

Ist es da nicht gefährlich? ruft sie wieder. Ihr Gesicht hat einen ängstlichen Ausdruck.

Brede antwortet wieder nicht. Der Mond beleuchtet seinen mächtigen Körper, der einen Schatten über das Dach hin wirft.

Ihm nach, Paul! sagt Martha leise und wütend.

Ihr Mann beginnt die Leiter emporzuklettern. Er lacht und spricht herab, klettert, erreicht die oberste Sprosse, steckt den Kopf über den Dachrand empor und nickt Brede zu.

Brede! sagt er.

Was willst du von mir? fragt Brede. Ich werfe dich kopfüber hinunter auf sie!

Paul steigt auf's Dach.

Ja, wirf mich nur kopfüber auf sie hinab, dazu bist du der rechte Kerl, sagte er.

Er spricht Brede gut zu, gibt ihm recht, klopft ihm auf die Schulter. Er bietet ihm einen Schluck

aus der Flasche an, und Brede nimmt ihn an, nur um ihm zu Willen zu sein.
Sie bleiben dort oben sitzen. Die Gäste von der Gesellschaft gehen wieder zum Essen hinein. Brede bekommt mehr und mehr aus der Flasche, Paul umarmt ihn, sie trinken auf gute Freundschaft.
Du hast Martha vor mir gekannt, sagt Paul und blinzelt ihm zu und lacht. Ihr seid fast zusammen aufgewachsen.
Brede fragt mißtrauisch:
Was willst du, daß ich dir erzähle? Frage sie selbst!
Trink, Brede! ruft Martha hinauf.
Willst du mich zugrunde richten, ja? fragt Brede zurück.
Die Flasche wird geleert. Brede sitzt auf dem Dach und schlenkert mit den Beinen. Unten steht Martha und beobachtet alles.
Es ist ja nur einmal im Jahre Weihnachten, sagt Paul mit seiner einfältigen Miene und beginnt die Leiter hinabzukriechen.
Warte ein wenig! ruft Brede ihm nach. War nichts mehr in der Flasche? Er breitet die Arme aus und blickt mit starren Augen in den Hof hinab. Er nimmt Schnee vom Dach und wirft ihn auf Paul herab, schreiend aus vollem Halse lachend.
Als Paul unten angekommen ist, sagt seine Frau:

Nimm jetzt die Leiter weg!
Brede hört es oben vom Dach und erwidert:
Ja, nimm nur die Leiter weg; ich springe hinunter.
Er steht auf und bereitet sich zum Sprung, gleitet aber rückwärts hin und fällt auf das Dach. Schlaff und betrunken, wie er ist, bleibt er da liegen und sieht zu, wie die Leiter fortgenommen wird.
Auf dem Hof wird es still, er sieht hinunter, entdeckt niemand und glaubt sich allein. Die Leiter wird wieder angelegt und an ihren Platz gestellt, er merkt es aber nicht. Er hat seine Augen geschlossen.
Setz wieder die Leiter an! brummt er vor sich hin. Die Kälte beginnt auf ihn zu wirken, er fängt an zu schlafen, erhebt sich aber plötzlich mit einem Ruck. Setz wieder die Leiter an, sagt er in die Luft hinaus, ich habe etwas, was ich dir geben kann! Ganz wirr und furchtbar betrunken stemmt er die Hände gegen das Dach und läßt sich auf den Hof hinabgleiten.
Man vernimmt einen Schrei, Stimmen rufen durcheinander, man umringt ihn.
Ja, aber die Leiter stand ja da, sagt Martha entsetzt. Ich setzte sie ja wieder an, da steht sie ja.
Brede wälzt sich ein paarmal im Schnee herum und richtet sich dann auf. Er hat sich die Stirne zerschlagen, er blutet; aber der Fall hat die Benebelung wie fortgeblasen, er beginnt selbst

verwundert zu lachen und wischt sich mit lustiger Miene das Blut ab. Es fällt ihm schwer, aufrecht zu stehen, er taumelt hin und her, und einer der älteren Knechte ergreift ihn am Arm, um ihn zu stützen. Seine Jacke geht auf, und aus seiner Brusttasche fällt ein Fausthandschuh heraus.

Martha reißt die Augen weit auf, über ihr Gesicht zuckt ein Ausdruck wilder Freude, sie tritt näher, hebt den Fausthandschuh auf und steckt ihn in die Tasche.

Er hat meinen Handschuh, sagt sie leise, er hatte ihn doch!

Sie folgt den andern und verbindet Brede. Sein Rausch geht nach und nach vorüber, dieser starke Kopf kommt schnell wieder in Ordnung. Er taumelt indes noch immer, man untersucht seine Beine und findet, daß das eine gebrochen ist. Martha wirft sich auf den Boden und löst schnell seine Schuhriemen auf.

Zwei Jahre später wurde Martha Witwe, und ein Jahr darauf ward der steifbeinige Brede ihr Mann.

Die Dame vom Tivoli

Es war Sommer, in Kristiania, während des Konzerts des Pariser Sängerchors im ›Tivoli‹.

Ich war ein Stück im Schloßpark spazierengegangen, oben auf der Höhe kehrte ich um und wandte meine Schritte abwärts zum ›Tivoli‹.

Eine große Menschenmenge hatte sich draußen versammelt, um dem Gesang zu lauschen, ich stellte mich zu den andern.

Ich traf dabei einen Kameraden, mit dem ich mich leise unterhielt; indessen begann der Gesang drinnen und wurde vom Winde in leisen Tönen stoßweise herausgetragen. Plötzlich fühlte ich mich beunruhigt, ein nervöses Unbehagen ergriff mich, ich trat unwillkürlich etwas zur Seite und antwortete ins Blaue hinein, was mir gerade einfiel.

Dann war ich ein paar Minuten wieder ruhig, worauf sich jedoch abermals dasselbe unerklärliche Unbehagen einstellte. Im selben Augenblick sagte mein Kamerad:

Was ist das für eine Dame, die dich so ansieht?

Ich drehte mich schnell herum. Eine Dame stand dicht hinter mir, ich sah in ein paar Augen der wunderbarsten Art, blaue, verschleierte Augen, die nicht blinken.

Kenne sie nicht! erwiderte ich und wandte das Gesicht fort.

Ich war sehr erregt. Diese Augen ruhten noch

immer auf mir, ich fühlte sie unaufhörlich auf meinem Nacken brennen; sie machten einen metallartigen Eindruck und trafen mich von hinten wie zwei kalte Nadeln.
Es war mir bei meiner Nervosität nicht länger möglich, diesen Blick auszuhalten. Nachdem ich mich noch einmal umgedreht und mich darüber vergewissert hatte, daß ich die Dame wirklich nicht kannte, verließ ich meinen Platz und ging meines Weges.
Einige Tage später saß ich mit einem Bekannten, einem jungen Leutnant, zusammen auf einer Bank gerade gegenüber der Universitätsuhr. Wir saßen da und betrachteten die Menschen, die um diese Promenadenzeit auf und ab gingen. Da sehe ich mitten in dem Schwarm zwei Augen, kalte, verschleierte Augen, die auf uns gerichtet sind, und ich erkenne sogleich die junge Dame vom Tivoli wieder. Sie fixiert uns im Vorbeigehen anhaltend, und der Leutnant fragt neugierig, ob ich wüßte, wer es wäre.
Keine Ahnung! erwiderte ich.
Ja, einen von uns muß sie doch kennen, sagte er und erhob sich, vielleicht bin ich es!
Indessen hatte sich die Dame auf die nächste Bank gesetzt. Wir gingen auf sie zu, ich faßte aber den Leutnant beim Rock und zog ihn an ihr vorbei.
Mach keinen Unsinn, sagte er, es ist doch selbstverständlich, daß wir sie grüßen.

Ach so! sagte ich nur und ging mit ihm zurück.
Er grüßte und nannte seinen Namen. Ob er sich vielleicht zu ihr setzen dürfe? Und er setzte sich ohne weitere Umstände neben sie.
Er sprach mit ihr, und sie antwortete ihm freundlich, aber zerstreut; es dauerte nicht lange, so hielt er ihren Sonnenschirm in der Hand und saß da und spielte damit. Ich stand die ganze Zeit und sah zu, ich war ein wenig verlegen und wußte nicht recht, was ich tun sollte.
Da kam ein kleiner Junge mit Blumen in einem Korbe vorbei. Der Leutnant, der sich auf solche Situationen verstand, rief ihn sogleich an und kaufte ihm einige Rosen ab. Ob er nicht eine davon der Dame an die Brust stecken dürfe? Nach einer halben Ablehnung willigte sie endlich ein. Der Leutnant war ein hübscher Mensch; es war mir nicht im geringsten auffallend, daß sie ihm diese Annäherungen gestattete.
Aber die ist ja verdorben! sagt sie plötzlich; sie reißt die Rose aus ihrem Knopfloch und starrt einen Augenblick entsetzt darauf hin, wirft sie weit auf die Straße hinaus und fügt mit leiser Stimme hinzu: *Sie gemahnt mich an Kinderleichen!*
Ich achtete nicht sonderlich auf das letzte Wort; aber mir fiel die Erregung der Dame auf.

Auf den Vorschlag des Leutnants hin machten wir einen kleinen Spaziergang hinauf in den Schloßpark.

Auf dem Wege dorthin begann die Dame ganz unmotiviert von einem kleinen Kinde zu reden, das sie gesehen hätte und das nun begraben wäre. Hierauf sagten wir nichts. Ein Weilchen später begann sie von Gaustad, dem Irrenhaus, zu reden, wie schlimm es sein müsse, dort eingesperrt zu werden, wenn man nicht verrückt wäre.

Ja aber, sagte der Leutnant, das kommt heutzutage doch nicht mehr vor.

Doch, es widerfuhr gerade der Mutter des Kindes, erwiderte die Dame.

Da fing der Leutnant an zu lachen.

Das ist ja eine verteufelte Geschichte! sagte er.

Ihre Stimme klang sehr sympathisch, und ihre Sprache war die einer gebildeten Frau; ich dachte, sie könnte vielleicht ein wenig überspannt sein, vielleicht sogar ein bißchen hysterisch, worauf auch der etwas krankhafte Glanz in ihren Augen hinzudeuten schien. Sonst glaubte ich nicht, daß ihr etwas fehle. Aber es fiel mir schwer, ihr in ihren vielen schnellen Überlegungen von einem zum andern zu folgen, das machte mich verwirrt, sie langweilte mich, und darum blieb ich stehen und verabschiedete mich! Als ich mich entfernte, sah ich, daß die beiden tiefer in den Park hineinschritten; aber ich weiß nicht, wohin sie gingen, denn ich sah mich nicht um.

Es verfloß eine Woche. Eines Abends, als ich in der Karl-Johan-Straße promenierte, traf ich wieder die Dame vom Tivoli. Ehe wir uns gegenüberstanden, verlangsamten wir beide unwillkürlich unsern Schritt, und ehe ich mich recht bedacht hatte, ging ich bereits neben ihr.

Wir sprachen von einer Menge gleichgültiger Dinge und schritten ganz langsam auf dem Gehsteig dahin. Sie sagte mir ihren Namen – einen bekannten Familiennamen – und fragte nach dem meinigen. Bevor ich aber noch antworten konnte, legte sie ihre Hand auf meinen Arm und sagte:

Ach nein; ich kenne ihn ja!

So, sagte ich, ja, mein Freund, der Leutnant, ist immer so dienstwillig. Darf ich fragen, wie er mich genannt hat?

Aber ihre Gedanken weilten bereits anderwärts, sie zeigte zum Tivoli hinüber und sagte:

Sehen Sie!

Ein Mann fuhr mit einem Fahrrad hoch in der Luft in einem Meer brennender Fackeln auf und nieder. Es war der Mann auf dem Korkenzieher.

Sollen wir dorthin gehen? fragte ich.

Suchen wir uns eine Bank, erwiderte die Dame.

Sie führte an, wir gingen über den Drammens-

weg und in den Park hinein, in dem sie die dunkelste Stelle wählte, die zu finden war. Dann setzten wir uns.
Ich versuchte sogleich ein Gespräch anzuknüpfen, aber es glückte mir nicht. Sie unterbrach mich mit einer kleinen bittenden Geste: ob ich nicht so freundlich sein wolle, ein Weilchen ganz mäuschenstill zu sein?
Sehr gern! sagte ich und schwieg. Ich schwieg wohl eine halbe Stunde lang, ohne ein Wort zu sagen. Die Dame saß da, ohne sich zu rühren; trotz der Dunkelheit konnte ich das Weiße in ihren Augen sehen und beobachten, daß sie die ganze Zeit nach mir hin schielte. Schließlich wurde mir ganz bang vor diesem bohrenden, krankhaften Blick, ich wollte aufstehen, bezwang mich aber und holte nur meine Uhr hervor.
Es ist zehn Uhr! sagte ich.
Keine Antwort. Ihre Augen ruhten starr auf mir. Plötzlich sagte sie, ohne eine einzige Bewegung zu machen:
Hätten Sie den Mut, eine Kinderleiche auszugraben?
Mir ward wirklich ganz unheimlich zumut. Es wurde mir immer klarer, daß ich es mit einer Verrückten zu tun hatte; gleichzeitig aber bohrte auch die Neugier in mir, und ich wollte sie nicht verlassen. Daher sagte ich und sah sie dabei an:

Eine Kinderleiche – ja, warum nicht? Ich kann Ihnen ja gut dabei helfen.
Es wurde nämlich lebendig begraben, sagte sie, und ich muß es wiedersehen.
Ja, natürlich, erwiderte ich, müssen wir Ihr Kind wieder ausgraben.
Ich beobachtete sie scharf. Sie wurde sogleich aufmerksam.
Warum sagen Sie, daß es *mein* Kind war? fragte sie. Das habe ich nicht gesagt, ich sagte nur, daß ich die Mutter kenne. Und nun werde ich Ihnen das Ganze erzählen.
Und diese Dame, die sonst kein vernünftiges, zusammenhängendes Gespräch zu führen vermochte, begann nun eine lange Geschichte von diesem Kinde zu erzählen, eine merkwürdige Geschichte, die auf mich den tiefsten Eindruck machte. Sie erzählte ganz natürlich und treuherzig und sehr eindringlich. Es waren keine Lücken in ihrer Darstellung und keine Fehler in ihrer Sprache; in jedem Falle fiel mir nicht mehr auf, daß ihr Verstand gelitten habe.
Eine junge Dame – sie sagte durchaus nicht, daß sie die junge Dame wäre – hätte vor einiger Zeit einen Herrn kennengelernt, in den sie sich bald sehr verliebte und mit dem sie sich schließlich verlobte. Sie waren viel beisammen, offen auf der Straße, aber auch im geheimen in allerhand Winkeln; sie besuchten einander zu einer bestimmten Stunde, er sie auf ihrem, sie ihn auf seinem

Zimmer, oder sie trafen sich im Dunkeln auf eben dieser Bank, auf der wir nun saßen. Ja, dann ging es natürlich schief, und eines schönen Tages wurde daheim entdeckt, in welchem Zustand sich das Mädchen befand. Da wurde der Hausarzt geholt – die Dame nannte seinen Namen, den eines unserer ersten Ärzte –, und auf seinen Rat wurde dann das Mädchen in eine kleine Stadt geschickt und bei der Hebamme des Ortes untergebracht.

Die Zeit verging, das Kind wurde geboren, der Hausarzt von Kristiania kam merkwürdigerweise auch dort in die kleine Stadt hinaus, und die junge Mutter lag noch krank, als man kam und ihr meldete, ihr Kind wäre gestorben. Tot geboren? Nein, es lebte einige Tage.

Aber die Sache war nun die, daß das Kind gar nicht starb. Die ganze Zeit wollte man die Mutter ihr Kind nicht sehen lassen; endlich am Begräbnistage brachte man es in einem Sarge zu ihr herein. Und da war es nicht tot, sage ich Ihnen, es lebte, hatte Blut in den Wangen und bewegte ein paarmal die Finger der linken Hand. Trotz des Jammerns der Mutter nahm man aber das Kind und begrub es. Der Hausarzt und die Hebamme besorgten das Ganze.

Die Zeit verging, die Mutter kam wieder auf und reiste – obwohl noch krank – heim nach der Hauptstadt. Hier erzählte sie offen ein paar

Freundinnen, was mit ihr in einer kleinen Stadt geschehen wäre; und da sie nur an ihr Kind dachte, verbarg sie ihnen auch nicht, daß sie befürchtete, es wäre lebendig begraben. Und das Mädchen trauerte und litt, daheim blickte man auf sie herab, selbst ihr Verlobter war verschwunden, er war nirgends zu finden.
Eines Tages hält ein Wagen vor dem Hause ihrer Eltern; sie soll eine Spazierfahrt machen. Sie setzt sich hinein, und davon geht es, der Kutscher fährt sie nach – Gaustad. Wieder erscheint der Hausarzt. Warum brachte man sie in eine Irrenanstalt? War sie wirklich verrückt geworden? Oder fürchtete man, sie könnte zu laut von dem Kinde reden?
Die Zeit verging; man gebrauchte sie in Gaustad dazu, den Verrückten auf dem Klavier vorzuspielen. Indessen hatte man dort keinen anderen geistigen Fehler an ihr gefunden als möglicherweise einen hohen Grad von Kraftlosigkeit und Willensschwäche. Haha, man bat sie, zu versuchen, ihren Willen zu gebrauchen, sich hart zu machen. Nicht wahr, das war komisch, daß man sie dazu aufstachelte, das Verbrechen gegen ihr Kind zu entschleiern!
Dann wurde sie wieder entlassen. Nun trauerte sie und litt sie; denn sie hatte bisher keinen Menschen dazu bewegen können, ihr in dieser Sache zu helfen – wenn Sie es nicht tun wollen? schloß sie.

Die Erzählung der Dame erschien mir stark romanhaft; dennoch hatte ich die bestimmte Empfindung, daß sie selbst daran glaubte. Das Ganze war zu gut und zu warm erzählt, um gelogen zu sein, und ich dachte, es könnte an der Geschichte vielleicht etwas Wahres sein, zum Beispiel, daß sie wirklich ein Kind gehabt habe. Während der Krankheit war sie vielleicht zu schwach gewesen, um sich klarzumachen, daß das Kind gestorben war, und in einem Augenblick der Fieberphantasien war der Gedanke bei ihr entstanden, daß es umgebracht worden sei.

Ich sagte daher:

Ist das Kind hier begraben?

Nein, es wurde dort begraben, wo ich krank lag, erwiderte sie.

Also war es doch Ihr Kind? sagte ich schnell.

Darauf erwiderte sie nichts; sie sah mich nur von der Seite an, ihr Blick wurde scheu und mißtrauisch.

Es versteht sich von selbst, daß ich Ihnen helfen will, so gut ich es vermag, sagte ich ruhig. Wann sollen wir fort?

Morgen! erwiderte sie lebhaft, am liebsten morgen!

Gut! sagte ich!

Und wir verabredeten, uns am nächsten Abend um sieben Uhr zu treffen; um diese Stunde sollte der Zug abgehen.

Ich wartete vor dem Bahnhof um die festgesetzte Zeit, fest entschlossen, zu halten, was ich ihr versprochen hatte. Es wurde sieben Uhr, sie kam nicht. Der Zug ging ab, ich stand da und wartete, ich wartete bis acht Uhr, die Dame war noch immer nicht zu sehen. Endlich, als ich gerade im Begriff war, nach Hause zu gehen, kam sie mehr gelaufen als gegangen und geradewegs auf mich zu. Und obwohl es alle Umstehenden hören konnten, sagte sie, ohne zu grüßen, laut und deutlich:

Sie können sich wohl denken, daß ich Sie gestern abend belog. Sie verstehen wohl, daß das alles nur ein Scherz war.

Natürlich erwiderte ich, indem ich mich gleichsam ein wenig für sie schämte, natürlich verstehe ich das!

Ja, nicht wahr? sagte sie. Aber Sie hätten es ja auch für Ernst nehmen können, und Gott sei mir dann gnädig!

Warum soll Gott Ihnen dann gnädig sein?

Nein, kommen Sie nun! sagte sie und zog mich am Arm weiter. Und dann reden wir kein Wort mehr davon, seien Sie so gut! fügte sie hinzu.

Wie Sie wollen! erwiderte ich, ich bin bei allem dabei.

Wir gingen die Rosenkranzstraße hinauf, auf Tivoli zu, den Drammensweg hinaus und bogen wieder in den Park ein. Sie war die Führende. Wir setzten uns auf unsere alte Bank und

sprachen wieder von allerhand gleichgültigen Dingen. Sie war, wie gewöhnlich, sehr unstet in ihrem Gedankengang, aber sonst recht munter. Sie lachte sogar ein paarmal und summte ein Liedchen.
Um zehn Uhr stand sie auf und bat mich, sie zu begleiten. Ich bot ihr, mehr im Scherz als im Ernst, meinen Arm. Sie sah mich an.
Das wage ich nicht! sagte sie ernst.
Wir gingen auf Tivoli zu und lauschten draußen auf den Lärm. Da fuhr der Mann wieder auf dem Korkenzieher hinauf. Meine Dame wurde zuerst ängstlich und packte mich heftig am Arm, als wenn sie selbst in Gefahr schwebte, hinunterzustürzen. Dann aber verfiel sie in Lustigkeit. Wenn er nun herunterfiele, wenn er herabstürzte und bis an die Knie in einem Bierseidel unten auf einem der Tische stehen würde! Und sie lachte über diesen Gedanken, so daß ihr die Tränen an den Wangen herabliefen.
Immer in bester Stimmung, gingen wir nach Hause. Sie summte wieder eine Melodie. In einer dunklen Gasse, vor einem Hause, das außen eine kleine, schwarze Eisentreppe hatte, blieb sie plötzlich stehen und starrte voll Entsetzen vor sich hin. Ich blieb daher auch verwundert stehen. Sie zeigte auf die unterste Stufe der Treppe hin und sagte heiser:
Gerade so groß war der kleine Sarg.

Nun wurde ich aber wirklich ärgerlich. Ich zuckte die Achseln und sagte:
So, fangen wir nun wieder von vorn an!
Sie sah mich an. Und langsam, ganz langsam füllten sich ihre Augen mit Tränen; in dem Lichte der unteren Fenster des Hauses sah ich, daß ihre Lippen zitterten. Sie faltete ganz verzagt die Hände. Einen Augenblick später trat sie einen Schritt vor und flüsterte:
Liebster, Bester, haben Sie Nachsicht mit mir!
Natürlich! antwortete ich wieder. Und wir gingen weiter. Draußen vor ihrer Türe drückte sie nochmals meine Hand, als sie gute Nacht sagte.

Es vergingen mehrere Wochen, in denen ich nichts von der seltsamen Dame sah. Ich war ärgerlich auf mich selbst wegen meiner Leichtgläubigkeit und wurde immer mehr überzeugt, daß sie nur Scherz mit mir getrieben hatte. Gut! dachte ich, hol' sie jedenfalls nun der Teufel!
Dann sitze ich aber eines Abends im Theater und sehe mir Ibsens ›Bund der Jugend‹ an. Im zweiten Akt werde ich plötzlich von einer Unruhe ergriffen, irgend etwas außer mir wirkt auf meine Nerven. Ich fühle dasselbe Unbehagen wie jenes Mal draußen vor Tivoli während des Konzerts des Pariser Sängerchors. Ich drehe mich schnell um – ganz richtig, da sitzt meine Dame wieder und starrt mich mit ihrem entzündeten Blick an.

Ich duckte mich, wand mich förmlich auf meinem Sitz, starrte angestrengt auf die Bühne; aber den ganzen Abend hatte ich das unbehagliche Gefühl, von hinten von metallischen Augen, die niemals blinzelten, durchbohrt zu werden. Schließlich stand ich auf und ging, ehe noch das Stück zu Ende war.

Ich war für einige Monate von der Stadt fortgewesen. Als ich zurückkam, hatte ich die Dame vom Tivoli ganz vergessen. Ich hatte nicht ein einziges Mal an sie gedacht. Sie war meinem Bewußtsein gerade so plötzlich entschwunden, wie sie vor mir aufgetaucht war.

An einem der letzten nebeligen Abende spazierte ich in der Torvstraße, zwischen der Dampfküche und der Elefantenapotheke, auf und ab. Ich ging dahin und beobachtete, wie die Leute im Nebel aneinanderrannten. Ich war wohl eine Viertelstunde an dieser Stelle hin und her gegangen, als ich im stillen dachte: Nun gehe ich noch einmal bis zur Apotheke und dann nach Hause.

Es war bereits elf Uhr.

Ich wandere also noch einmal bis zur Apotheke hinauf. Im Lichte der nächsten Laterne sehe ich eine Person mir entgegenkommen. Ich trete ein wenig zur Seite, aber die Person kommt mir nach. Ich biege schnell nach der entgegengesetzten Seite aus, nach links hinüber, um

einen Zusammenstoß zu vermeiden – und sehe nun zwei Augen, die durch den Nebel mich anstarren.
Die Dame vom Tivoli! flüsterte ich versteinert.
Sie kam gerade auf mich zu mit ihrem starren Blick, ihr Gesicht war seltsam verzogen; in einer Hand trug sie ihren Muff. Sie sah mich einen Augenblick an.
Es war *mein* Kind! sagte sie nachdrücklich, kehrte dann um und verschwand im Nebel.

Auf der Straße

TAGEBUCHBLATT

Ich bin in meiner Stube hier auf und ab gegangen und habe nur an das Erlebnis mit dem Zeitungsjungen gedacht. Es geht mich eigentlich nichts an, ich habe mich gegen ihn gar nicht so schlecht aufgeführt, er war auch im ganzen zufrieden. Aber nun habe ich doch zwei Stunden vertrödelt, um nach ihm zu suchen und alles wiedergutzumachen.

Das ging so zu. Ich kam die Karl-Johan-Straße heraufgegangen. Es war kalt und dunkel, aber besonders war es dunkel, und die Uhr war vielleicht sieben. Ich gehe und blicke die Straße entlang.

Da steht der Zeitungsjunge, an der Ecke bei Günters Konditorei, und ruft den ›Viking‹ aus. Er sagt immer nur die Worte:

Kaufen Sie den ›Viking‹, Sie!

Ich beachtete es nicht gleich, erst als ich ein paar Schritte vorbeigegangen war, fielen mir seine Worte auf. Ich blickte nach ihm zurück und dachte: du könntest ihm wohl einen Zehner geben, dadurch wirst du nicht ärmer. Und ich griff wirklich in die Tasche nach dem Geldstück. Ich bemerke, daß mein erster Einfall wirklich der war, dem Jungen einen Zehner zu geben. Während ich aber die Hände in der

Tasche habe, sticht mich die alte Lebensklugheit, und ich sage zu mir: es hilft nicht, einem Menschen zehn Öre zu schenken; nicht einmal zehn Kronen würden ordentlich helfen, das macht die Sache nur schlimmer, es demoralisiert ihn und so weiter. Ich ging meines Weges und ließ den Jungen stehen.

Ich ging bis zur Universität und dann denselben Weg wieder zurück. Vor den Fenstern der Cammermeyerschen Buchhandlung bleibe ich stehen und sehe mir die Bücher an, und während ich da so stehe und der Straße den Rücken zukehre, höre ich wieder die Stimme des Zeitungsjungen. Es war dicht hinter mir. Er streitet sich mit ein paar betrunkenen Seeleuten mit Mützen auf dem Kopf um eine Nummer des ›Viking‹, die sie ihm zerrissen hatten, und die Matrosen wollten die zerrissene Nummer nicht bezahlen. Da begann der Junge zu weinen oder tat so, als weine er.

Ich gehe zu ihnen hin und höre, wie es zusammenhängt; darauf sage ich bestimmt zu den Matrosen, daß es natürlich ihre Pflicht wäre, zu bezahlen. Aber das half nichts, sie lachten mich aus und sagten: Hört doch den!

Das ärgerte mich gründlich, und ich biß die Zähne zusammen.

Nun habe ich einmal eine große, runde Schlipsnadel bekommen, die nach allem möglichen aussieht; sie ist so groß, daß sie sogar beinahe für ein Polizeischild oder ein geheimes Zeichen irgendeiner Art gehalten werden kann, und diese Nadel trage ich ständig auf der linken Brust unter dem Rock. Als nun diese beiden betrunkenen Matrosen sich mit der zerrissenen Vikingnummer belustigen und sich weigern, zu zahlen, kommt mir plötzlich der Einfall, dreist zu sein; ich wende mich den Taugenichtsen zu, öffne den Rock und zeige stumm auf meine merkwürdige Schlipsnadel. Wir sehen einander einen Augenblick an; dann sage ich kalt und bestimmt:

Wollt Ihr nun bezahlen, oder wollt Ihr mir folgen?

Das half. Der ›Viking‹ wurde bezahlt, und wir vier Menschen, die sich um das Blatt gestritten hatten, gingen jeder seines Weges, der Junge trocknete seine Augen und ging straßauf, während ich die Karl-Johan-Straße hinabging. Die Matrosen taumelten in der Richtung zum ›Tivoli‹ davon.

Am Posthause kehre ich wieder um und gehe noch einmal die Straße hinauf. Meine Gedanken beschäftigten sich noch immer mit dem Zeitungsjungen. Ich dachte: du hast dem kleinen Kerl zu seinem Geld verholfen, er ist dir natürlich dankbar dafür und wird dich nicht mehr anrufen, wenn du vorbeikommst; er hat doch sicher Taktgefühl, er hat vielleicht eine ganz gute Erziehung genossen.

Oben beim Grandhotel erblicke ich ihn wieder. Er steht dicht bei der Laterne, so daß ich ihn deutlich sehen kann, und ich sage zu mir selbst, indem ich mich ihm nähere: sobald er mich nur erblicken wird, wird er ganz stillschweigen, bis ich vorbeigegangen bin. Ich gehe so dicht wie möglich an der Laterne vorbei, um ihm Gelegenheit zu geben, mich wiederzuerkennen.
Ich hatte mich verrechnet. Er machte keinen Unterschied zwischen mir und irgendeinem anderen, er hielt mir die Zeitung hin und sagte, ich möchte den ›Viking‹ kaufen.
Ich ging stumm und gekränkt an ihm vorbei. Ich hatte mich bitter in ihm getäuscht; es war natürlich nur ein Vika[1]-Junge, ein richtiger elender Straßenbengel, der schon Tabak rauchte und sein Schulzeugnis ›verlor‹, wenn er eine schlechte Zensur darin hatte. Kurz und gut, es war ein echter kleiner Spitzbube, mit dem ich es zu tun bekommen hatte. Ich war recht ärgerlich auf ihn, als ich weiterging, und fühlte bei mir im stillen, daß ich ihn nach Verdienst behandelt hatte, wenn ich ihm den Zehner nicht gab.
Nun fehlte nur, daß er mich noch zum drittenmal anrief. Er war dazu imstande, denn ich hatte es mit einem frechen kleinen Bengel zu tun. Das fehlte wirklich nur noch!

---

[1] Ein verrufenes Stadtviertel in Kristiania.

Bei der Universität kehrte ich wieder um. Nun begann ich zu berechnen, wo ich möglicherweise den Jungen treffen würde. Ich wollte es so einrichten, daß ich ihm an einer stark beleuchteten Stelle der Straße begegnete, um ihn mich noch einmal wiedererkennen zu lassen. Er hatte mich vielleicht vor dem Grand nicht so ganz deutlich gesehen, ich konnte das nicht bestimmt wissen. Ich denke so lange über diese Frage nach, daß ich, wie ich zu meiner Schande melden muß, ganz nervös werde, und ich rege mich nicht mit den dümmsten Vorstellungen auf. Gesetzt nun, dachte ich, daß der Junge einfach nach Hause gegangen wäre. Da hatte ich meinen Kopf ganz unnütz mit all den Berechnungen angestrengt. Weiß Gott, ob er nicht umgekehrt war und vielleicht vor mir die ganze Straße entlangging, anstatt mir entgegenzukommen.

Und kann man sich denken, daß ich alter Mensch begann, lange Schritte zu machen, förmlich eilig zu werden, einzig und allein, um einem armen Zeitungsjungen Gelegenheit zu geben, mir noch einmal den ›Viking‹ anzubieten, wenn er sich das unterstand.

Aber bei Blomquist treffe ich ihn ganz ruhig auf dem Rost vor dem Fenster, frierend, mit hinaufgezogenen Schultern und mit den Händen in den Hosentaschen. Dann und wann ruft er die Vorbeigehenden wegen des ›Viking‹ an.

Er zieht nicht mehr die Hände heraus und streckt auch nicht die Zeitungen vor.
Nun komme ich. Ich gehe so nahe wie möglich an ihm vorbei, es sind keine zwei Ellen zwischen mir und ihm, und er sieht mich ganz deutlich im Licht der Laterne des Dioramas.
Und hebt sein Zeitungspack in die Höhe und sagt, als wenn zwischen uns nichts vorgefallen wäre:
Kaufen Sie doch den ›Viking‹, Sie!
Ich blieb stehen. Ich war so gespannt auf den Ausfall dieser Probe gewesen, daß mein Herz stark klopfte, als er diese Worte sagte.
Nun gab ich einem überaus dummen Einfall nach. Der Junge hatte mich kalten Blutes zum Narren gemacht und mir den ›Viking‹ dreimal hintereinander angeboten. Ich war verblüfft und zornig und machte ihm in den härtesten Worten, die ich finden konnte, Vorwürfe, daß er die Leute nicht in Ruhe ließe. Er antwortete nicht, sondern starrte mich wie vorhin an; das sah geradezu nach Verstocktheit aus. Da kam mir ein Einfall; ich zog einen Fünfziger aus der Tasche, hielt ihn dem Jungen dicht unter die Nase und ließ ihn zwischen die Sprossen des Eisenrostes hinabfallen, auf dem er stand. Ich hatte dies kaum getan, so nahm ich einen zweiten Fünfziger aus der Tasche, zeigte ihm auch diesen und ließ ihn denselben Weg nehmen.
Bitte sehr, sagte ich schadenfroh, hol sie dir

nun da unten, du kleiner Teufel, und laß mich in Ruhe!
Der Rost war festgefroren, und es bereitete mir eine Befriedigung, zu sehen, wie mein Plagegeist an den Sprossen zerren und sich plagen mußte, um zu den Geldstücken gelangen zu können. Seine Finger blieben hier und da an dem kalten Eisen hängen. Ich sah auch, daß er an dem einen Handgelenk eine Wunde bekam; aber er arbeitete mit gleichem Eifer fort, um zu den zwei Fünfzigern zu gelangen. Er läßt nicht nach, er entblößt den einen Arm und zwängt seine Hand zwischen dem Rost und der Mauer hinunter. Sein Arm sah kränklich und dünn aus.
Endlich kann er den einen Silberling unten ſassen.
Nun hab ich den einen! sagt er glücklich.
Indem er die Hand heraufzieht, reißt er sich an der Mauer auf den Knöcheln die Haut ab. Er sieht mich an, ob es mein Ernst ist, daß er dieses Geld behalten darf, all dieses Geld! Und da ich nichts sage, behält er es und trifft Anstalten, auch den anderen Fünfziger heraufzuholen. Er preßt abermals die Hand in den Spalt hinunter und beginnt seine Finger nach dem großen Schatz auszurecken. Sein Eifer ist großartig, er versucht sich hier und da längs der Öffnung, er streckt in seiner Hilflosigkeit sogar die Zunge aus, als wenn das etwas helfen könnte.

Hätte ich nur einen Span, da könnte ich ihn zu mir herschieben! sagt er. Und er hebt gleichzeitig den Kopf ein wenig empor und sieht mich an.

Erwartete er Hilfe von mir? Meinte dieser kleine durchtriebene Bengel, ich sollte ihm einen Span zu dem Zweck herbeiholen?

Ich werde dir einen Span holen! sagte ich. Aber nicht um dir zu helfen, daß du es weißt. Ich werde dir einen zu kurzen Span bringen, mit dem du doch nichts anfangen kannst. Warte nur ein wenig, ich bring ihn gleich!

Nein, das brauchts nicht! antwortete er mit einemmal.

Er faßt in seine Tasche hinein und bringt ein verrostetes Federmesser zum Vorschein, mit dem er zu stochern beginnt. Er hält es zwischen zwei Fingern und streckt es nach dem Fünfziger hinunter. Langsam und vorsichtig führt er die Münze weiter und weiter nach der Mauer und der Öffnung zu.

Er war sicher imstande, den Fünfziger auf diese Weise zu fassen, der kleine Bengel gab nicht eher Ruhe. Ich sah voll Unwillen, daß es ihm wirklich gelang, die Münze in Reichweite zu bringen, und hörte ihn sagen:

Jetzt dauert's nicht mehr lang!

Ich sah mich um. Eine ganze Menge Menschen stand umher und beobachtete den Jungen und mich.

Da drehte ich mich jählings auf dem Absatz herum und ging meines Weges.
Aber eine Stunde später ging ich wieder die Karl-Johan-Straße hinauf und suchte nach dem Jungen. Er war nirgends mehr zu sehen. Ich hielt ein dänisches Zweikronenstück in der Hand und suchte eine ganze Weile nach ihm, ich wollte mich mit ihm versöhnen und ihm einen kleinen Schilling zu einem Paar Fäustlingen geben. Na – er würde sich vielleicht auch für das Geld Tabak gekauft haben oder, wenn er von der richtigen Sorte war, es vielleicht sogar vertrunken haben; es war Sünde, ihm etwas zu geben. Mit diesen Gedanken ging ich nach Hause.
Das war gestern abend.
Aber nun heute habe ich wie gesagt wieder an den Zeitungsjungen denken müssen. Ich erinnere mich seines kläglichen Armes und der paar Blutstropfen auf seinen Knöcheln. Und ich sehe seine ganze kleine Spitzbubengestalt vor mir, als er mit dem Bauche auf dem Eisenrost lag und die Zunge und die Finger nach den beiden Silberlingen ausstreckte.

Schiffer Reiersen vom ›Südstern‹

1

Eine alte geteerte Stockfischjacht gleitet die Wiek herein und schleppt eine Jolle hinter sich her. Die Jacht heißt: ›Der Südstern‹ und ihr Schiffer Reiersen. Sie sind alt und gut bekannt in der Bucht, sowohl die Jacht als der Fischer, sie sind dort viele gesegnete Jahre gewesen, haben im Salten-Fjord Fische gedörrt, Stockfische für die Spanier: ›Bachalaos‹.

Auf den Höhen ringsum waren keine Menschen zu sehen, nur tief drinnen in der Bucht, wo die Bootsschuppen standen, spielten einige kleine Kinder.

Früher, vor zwanzig Jahren, als der ›Südstern‹ zum erstenmal draußen vor dem Trockenplatz ankerte, da war es anders, da standen Frauen und Kinder bewundernd ringsum auf allen erhöhten Stellen, und ein Fischer nach dem andern ruderte zum ›Südstern‹ hinaus, um ihn zu empfangen und nach Neuigkeiten zu fragen.

Es sind vier Mann auf Deck; aber Reiersen steht selbst am Steuer, das tut er bei wichtigen Anlässen stets. Er steuert noch wie in alten Tagen seine kleine Fischjacht mit einer Feierlichkeit, als wäre sie ein ungeheures Dampfschiff. Seine Haare und sein Bart sind grau, aber einst hatte er schwarze Haare und schwarzen Bart, das war vor zwanzig Jahren, als er die ersten Male nach dem Salten-Fjord kam und noch ein junger Mann war. Seine Jacke ist abgenutzt und geflickt, es ist zurückgegangen mit Schiffer Reiersens Ansehen; aber beim Einsegeln ist er der Admiral seines Schiffes und erteilt mit Löwenstimme seine Befehle. Fallen lassen! ertönt das Kommando.

Und der Anker fällt.

Der mächtige Laut der Kette rollt mit der Stimme des großen Mannes um die Wette. Aber die Zeiten haben sich geändert. Die Postschiffe haben angefangen den Handelsplatz anzulaufen, und die Leute haben nun vor den alten, ehrlichen Fischjachten keine sonderliche Hochachtung mehr.

Als die spielenden Kinder bei den Bootsschuppen hörten, daß ein Anker ausgeworfen wurde, blickten sie einmal nach der Bucht hinaus und spielten dann weiter, gerade als wenn eines zum andern gesagt hätte, daß es nur Reiersen mit seiner Jacht sei.

Als die Tagesarbeit beendet war, die Jacht verankert und die Leute in die Kojen gegangen, saß der Schiffer auf Deck und blickte über die Bucht hinüber. Die Nacht war licht und mild, die Sonne vergoldete das Wasser. Er kannte jeden Stein, und an alles knüpften sich Erinnerungen, er hatte ja so ziemlich seine froheste Jugend hier verbracht, jedes Jahr drei Sommermonate, wenn er hier lag und Fische trocknete. Er war der erste Mann am Platze, schaffte sich überall, wohin er kam, freie Bahn und setzte alles durch, was er nur wollte. Er ging am Sonntag zur Kirche, um auch mit dabeizusein, wo Leute waren, und immer sah man viele Mädchen in seinem Gefolge auf dem Heimwege. Wenn die Fischerjugend in den Sommernächten tanzte, dann sah man sogleich auch Reiersen, wie er in seinem Heckboot über die Bucht daher kam, indem er achtern aufrecht dastand, mit blankgeputzten Schuhen, und der Koch oder ein anderer von seiner Mannschaft ruderte ihn an Land. Er tanzte wie ein Held, und der Kajütenduft seiner feinen, blauen Kleider erhitzte die Mädchen.

Ja, Reiersen hatte viele Gaben; dazu war er mit allen gut Freund. Die Burschen aus der Bucht räumten auch stillschweigend den Platz, wenn er in Sicht war. Er stach sie doch stets aus, aber sie ballten nicht die Fäuste darüber, sie gingen lieber in einen Winkel und vergossen Tränen.

Nun hatte Reiersen eine Frau und fünf Kinder in Ofoten.

2

Und blank liegt die See, und die Nacht kommt; aber noch sitzt der Schiffer Reiersen da und denkt an alte Tage. Was hatte er nicht für Mädchen gekannt. Die ansehnlichsten in der ganzen Bucht. Im ersten Jahr war da besonders ein junges Mädchen mit dunklem Haar und dunklen Augen, das er so gern hatte. Man sah ihn mit dieser nun gerade konfirmierten kleinen Dirne zu den unmöglichsten Zeiten beisammen, nachts und am frühen Morgen, wenn anständige Leute meinten, jedes wäre für sich daheim. Als dann aber die Zeit herannahte, da er fortsegeln sollte, war alles vorbei, Reiersen tanzte nicht mehr mit ihr, sondern hielt sich an ein sehr dickes Fischermädchen aus Außerwiek. Sie hatte tiefe Grübchen und weiße Zähne und hieß Ellen Helene. Ja, die Ellen Helene!

Mit ihr dauerte es ein Jahr. Sonst pflegte es bei Reiersen nicht ein ganzes Jahr zu dauern, und darum sagten die Leute, *nun* wäre er gefangen. Reiersen gefangen! Hoho, da kannte man den Reiersen schlecht. Aber jedenfalls bewirkte er die Aufhebung von Ellen Helenes Verlobung mit dem Schmied der Bucht, und es ging so weit, daß er sie in aller Anwesenheit seine Liebste nannte.

Aber im Jahr darauf kam Reiersen zum Trokkenplatz, die Kajüte mit Kramwaren angefüllt, Mehl und Kaffee, Wollstoff und Leinwand, bis hin zu Fingerringen und köstlich gestickten Pulswärmern. Niemals würde er den schönen Anblick vergessen, es war gleichsam ein ganzer Laden auf dem ›Südstern‹, und Reiersen wurde dadurch noch mächtiger. Er bezahlte Platzmiete und Trockenlohn mit diesen Waren, und manche Latzschürze und manche strahlende Busennadel mit Steinen darin schenkte er den Mädchen. Ellen Helene fand sich darein, es half nichts, mit Reiersen zu streiten.

Und dennoch konnte auch Ellen Helene ihrem Schicksal nicht entgehen, wie fügsam sie auch war, sie wurde von Jacobine entthront, diesem feurigen, frohen Fohlen, das dort so still und mit inniger Zufriedenheit umherging und Reiersens Fische umdrehte. Warum denn ewig und immer nur Ellen Helene, sollte damit für einen Mann wie Reiersen vom ›Südstern‹ alles aus sein? Als im Herbst die Fische geschichtet werden sollten, war Jacobine allein bei ihm zur Hand und bekam viele Geschenke vom Fischer, und als sie die Jacht verließ, befahl er zwei Männern von der Besatzung, sie an Land zu bringen.

Die Lossage von Ellen Helene war dadurch vollzogen. Jens Olsen, ihr Vater, rückte wegen dieses Streichs dem mächtigen Schiffer zu Leibe, zeigte ihm die Faust und stellte grobe Fragen an ihn. Reiersen war damals aber keiner, der sich etwas gefallen ließ, er zeigte auch seine Fäuste und sagte: Wenn du dich getraust, mir zu nahe zu kommen, mein guter Jens Olsen, dann sollst du Reiersen vom ›Südstern‹ kennenlernen.

Aber auch Jacobine konnte Schiffer Reiersens flüchtiges Herz nicht auf die Dauer fesseln. Es war eine Nacht wie diese, ebenso still und licht, da ging er auf Deck seines Schiffes auf und ab und hörte ferne Ruderschläge. Ein Mädchen, das beim Eierlesen draußen gewesen war, kam angerudert.

Boot hallo! rief Reiersen.

Sie hielt die Ruder in die Höhe und lauschte.

Leg hier an, Kleine, sagte er.

Es ist nicht Euer Schatz, mit dem Ihr redet, antwortete es vom Boot.

Ich kenne dich aber! sagte Reiersen. Hast du Eier im Boot?

Da kam das Boot näher.

Ja, wenn Ihr Eier haben wollt, so könnt Ihr schon ein paar Stück bekommen, sagte das Mädchen.

Aber da sprach Reiersen kein Wort mehr, sondern schwang sich in sein Heckboot hinab und von da hinüber zu dem Mädchen.

Guter Bekannter, ich, Reiersen, bin es! rief er dann.

Er nahm ihr die Ruder fort und ruderte sie zu den Bootsschuppen hin. Niemand zu sehen, die Nacht war warm und geheimnisvoll.

Wir können gut das Boot gleich in den Schuppen bringen, sagte Reiersen, als sie ans Land gekommen waren.

Und das Mädchen erwiderte:

Ihr seid allzu dienstwillig!
Aber dies, daß sie das Boot hineinbringen sollten, sagte er in einer ganz bestimmten Absicht, und er hatte seine eigenen Gedanken dabei. Hoho, du böser Reiersen, du dachtest dir so mancherlei dabei, und das Mädchen war noch ein recht dummes Kind, das sich nicht vor dem dunkeln Schuppen zur Nachtzeit fürchtete.
Als sie aber schieden, sagte sie nur:
Wie sollt Ihr wieder an Bord kommen?
Ich schwimme hinüber, erwiderte Reiersen.
Und damit sprang er in die See.
Dies Mädchen hieß Pauline ...
Ach, nun waren alle seine Freundinnen überallhin zerstreut, eine tot, eine andere in Amerika, eine dritte verheiratet. Und von Reiersen selbst war sozusagen nur noch ein Erinnerungszeichen übrig. Pauline ging noch ledig, wie früher, hier an der Bucht umher; als sie aber vor einigen Jahren ein Auge verlor, wurde sie ›fromm‹, und nun konnten ihr weltliche Dinge nichts mehr anhaben. So endete alles auf der Welt. Und Reiersen hatte mit Frau und fünf Kindern in Ofoten geendet ...
Es wurde ein Uhr. Über eine Weile würden die Seevögel erwachen. Reiersen gähnte laut und schaute nach dem Wetter aus. Ja, es war wohl am besten, in die Koje zu gehen, er war ja zu allem zu alt, verbraucht und verarbeitet. Morgen sollte er mit dem Auswaschen der Fische an-

fangen, dann kamen Leute an Bord, Männer und Frauen in Seestiefeln und Fellkleidern, unter ihnen junge Mädchen mit sommersprossigen und lachenden Gesichtern, wahre Evastöchter. Reiersen kannte sie.
Und der ergrauende Familienvater spiegelte sich in der Stille einen Augenblick verstohlen im Kompaßglas, bevor er in sein kleines, stinkendes Kajütenloch hineinkroch und sich in die Koje legte.

3

Am frühen Morgen kommen Boote an Bord, Reiersen wandert auf dem Deck auf und ab, als Herr auf seinem Gebiet, in seinen besten Kleidern, mit einer kunstvollen Uhrkette aus Haaren, die ihm auf der Brust herabhängt.
Ob er Wäscher haben wollte? Ja, Wäscher müßte er haben. Man sprach vom Lohn, stellte Forderungen. Die Fischer hatten die schlechte Gewohnheit angenommen, mit einem Mann wie Reiersen zu feilschen, sie verlangten sechs Schilling mehr, als er bot. Was war das für eine neumodische Erfindung? Ach, man schätzte Reiersen vom ›Südstern‹ nicht mehr nach Verdienst, die Zeiten hatten sich mit jedem Jahr verändert, und die goldbeknöpften Kapitäne der Postschiffe hatten ihn ausgestochen. Er schenkte den Leuten einen Schnaps und gab ihnen

Kringel. Sie dankten und tranken. Er kniff die Mädchen in die Seite, sie schüttelten ihn ab und lachten ihn aus, sie guckten naseweis durch das Oberlichtfenster hinab und benahmen sich sehr frei. Na, wie es nun damit wäre, ob er sich bedacht hätte, wollte er die sechs Schilling mehr geben?

Da fühlte sich der Schiffer tief gekränkt und machte kurzen Prozeß. Er ging achterwärts, dort beim Steuer wollte er stehen, da war sein Platz, er hatte ja das Kommando. Es sollte wie in alten Tagen sein, gerade wie in alten Tagen. Liebe Leute, wollt ihr Wascharbeit haben? Die Fischer bejahten verwundert. Gut! sagte Reiersen, soundso viel fürs Schock! Und damit punktum! Aber es wurde doch nicht wie in alten Tagen, die Fischer machten kurzen Prozeß und stiegen in die Boote. Als sie von Bord abstießen und heimzurudern begannen, mußte der Schiffer nachgeben und auf ihre Forderung eingehen:

Ich gebe euch die sechs Schillinge, und im übrigen fahrt zum Teufel!

Die Boote legten wieder an, die großen Luken des ›Südsterns‹ wurden geöffnet und die von Lake tropfenden Fische ausgeladen. So ging es Tag für Tag, nur durch die Mahlzeiten und den Schlaf unterbrochen. Die Trockenstellen wimmelten von Leuten, einige wuschen, andere trugen Fische auf Tragen aus Faßdauben, und wieder andere breiteten die Fische auf den Felsplatten in der Sonne aus zum Trocknen. Im Laufe der Zeit ward die Jacht geleert und hob sich im Meere, zuletzt lag ihr ganzer Bug frei, nur das Kielschwein war noch in See. Der ›Südstern‹ wurde abgespült, als er leer war.

Der Schiffer Reiersen hatte nun bequeme Tage. Während er den Leuten an Bord auftrug, die Jacht von oben bis unten abzukratzen und zu malen, war er selbst an Land, ging unter den Trockenleuten mit den Händen in den Taschen umher und scherzte mit den Mädchen. Nur mit Pauline ließ er sich nicht ein, sie war nun auch fast vierzig Jahre alt und sprach aus Frömmigkeit so wenig wie möglich. Wenn aber Reiersens Verhalten ihr zu leichtfertig wurde, warf sie ihm mit dem einen Auge, das sie noch übrigbehalten hatte, einen stummen, vorwurfsvollen Blick zu.

So verging Woche um Woche, Reiersen erreichte bei keiner etwas, sein Alter war daran schuld; die Burschen aus der Bucht waren die Sieger.

Etsch! sagten die Mädchen, wenn er ihnen zu nahe kam. Und dieses Etsch! bedeutete: Laß uns in Ruh!

Aber Reiersen sann auf etwas. Sein Alter drückte ihn nicht, und er wußte wohl, daß er noch immer derselbe vortreffliche Schiffer Reiersen wie ehemals war. Er hatte den ›Südstern‹ von Küste zu Küste geführt und war niemals aufgesegelt, er hatte Fische gekauft und Fische

getrocknet, Rechnungen aufgesetzt, so lang wie die Schiffsreling, und sein Journal sorgsam geführt, das wußte der Teufel; aber die Leute bezeugten ihm nicht mehr den ihm schuldigen Respekt.
Wisch die Kajüte auf! sagte er zum Koch, denn nun hatte er sich etwas ausgedacht. Reiersen setzte ans Land und machte unter den Trockenleuten bekannt, daß er zwei Mädchen an Bord brauche, um etwas für ihn zu flicken, unter anderm einige Risse in der Flagge des ›Südsterns‹.
Aber keines von den Mädchen war geneigt, mit an Bord zu kommen. Reiersen strandete wieder. Er verhandelte darüber zwei ganze Tage, aber immer vergebens. Endlich vernimmt er eine Frauenstimme, die sagt:
Wenn Euch mit mir geholfen ist, will ich Euch gern zu Diensten sein!
Es war Pauline, die so barmherzig war.
Reiersen bedachte sich einen Augenblick, Paulines Auge ruhte auf ihm. Was sollte er mit ihr? Endlich bedankt er sich und nimmt ihr Angebot an. Pauline steigt ins Boot. Und die Mädchen, die am Lande zurückbleiben, kichern.
Eigentlich war es nicht Reiersens Absicht gewesen, seine Kajüte mit langweiliger Gottesfurcht vollzupfropfen, er hatte gedacht, sich einen lustigen Tag zu machen, mit frohen Mäd-

chen bei Schnäpsen und Kringeln, wie in den Zeiten seines Ansehens. Was aber war nun zu machen?

Er holt aus den Kisten und dem Verschlage seine zerrissenen Kleider hervor und legt ihr die Flagge hin, und Pauline machte sich an die Arbeit. Sie spricht so wenig, Reiersen schenkt ihr ein Glas ein, sie trinkt es aus, bleibt aber stumm und fleißig. Du, Pauline, sagt er, um ihr nach dem Munde zu reden, du hast es gut, du hast Gott gefunden.

Das könnt Ihr wohl sagen, erwidert sie. Es wäre an der Zeit, daß auch Ihr ihn findet.

Reiersen entgegnet:

Es könnte wohl sein, daß ich ihm gar nicht mehr so fern bin, wie ich es früher war.

Meint Ihr das wirklich? fragt sie.

Mir scheint, es ist in letzter Zeit etwas besser damit geworden.

Gott sei gelobt! sagt sie.

Aber nun war ihre Zunge gelöst, und das alte Mädchen redete weiter von Gott. Reiersen bereute, daß er von diesem Kapitel angefangen hatte, es langweilte ihn, und dem grauen Sünder gingen die glaubhaften Gründe dafür, daß er wirklich begonnen hätte, Gott näherzukommen, aus. Er meinte nur, er hätte so etwas empfunden, sagte er.

Schafft ihm Raum im Herzen, bat sie, schafft ihm Raum im Herzen.

Reiersen goß einen neuen Schnaps ein und bot ihr noch mehr Kringel an.
Die Mädchen am Land standen und lachten, sagte er. Nun kannst du ihnen erzählen, daß du bei Reiersen keine Not littest.
Sie tranken alle beide. Als er aber dem Gespräch eine mehr weltliche Richtung geben wollte, nähte sie nur um so eifriger und ließ sich nicht mit ihm ein. Er wagte sie nicht an die alten, frohen Zeiten vor zwanzig Jahren zu erinnern; er hatte es auf den Lippen, unterließ es aber.
Es wurde immer langweiliger, die Stunden vergingen, und die Flagge wurde fertig; aber ein munteres Lachen hatte Reiersen bei ihr nicht gesehen.
Nun mag es für diesmal genug sein, sagte er, als er es nicht länger ertragen konnte. Er warf seine alten Kleider in den Kasten und den Verschlag zurück und ließ Pauline ans Land setzen.
Der Tag war verloren, seine Spekulation fehlgeschlagen.

4.

Und wieder vergehen ein paar Wochen. Es ging gegen den Herbst, die Fische waren trocken, und der Tag nahte heran, da man sie wieder an Bord nehmen sollte. Er wählte einen warmen Morgen dazu, zehn- und achtrudrige Boote wurden gedrückt voll bis an den Rand mit Fischen belastet, und Männer in Hemdsärmeln ruderten sie zum ›Südstern‹ hinüber. Nun war es ein alter Brauch, daß das Schichten durch vier Mädchen besorgt wurde. Wer sollte nun heuer das Schichten übernehmen? Alle lehnten es ab. Die Frage ging in erster Reihe den Leiter der Fischtrockenarbeit an, Endre Polden, und der Schiffer kümmerte sich nicht darum; aber er ärgerte sich über diese neue Respektwidrigkeit und biß sich voll Grimm in die Lippen. Pauline war wieder barmherzig und bot sich zum Schichten an, wenn drei andere mitgehen wollten. Reiersen drehte sich auf dem Absatz herum und ruderte an Bord.

Er stieg in die Kajüte hinab und begann ganz allein sich an einer Flasche gütlich zu tun. Was sollte er unter solchen Umständen auch anderes anfangen? Seine Rolle war ausgespielt. Nun gut. Es sollte auch das letzte Jahr sein, daß er mit dem ›Südstern‹ in diesen Winkel hineinsegelte. Es gab noch andere Trockenplätze im Salten-Fjord. Er zu alt? Das wollte er doch noch einmal sehen! Prosit!

Er trank. Er trank gründlich für sich allein und hetzte sich auf. Nach Verlauf einer halben Stunde war er in eine Stimmung gekommen, daß er keck einem goldknöpfigen Postschiffskapitän die Spitze bieten konnte. Er hört Getrampel auf Deck, gießt noch ein Glas hinunter und steigt aus der Kajüte hinauf. Waren Schichter im Raum? Er guckt hinunter, vier Mädchen sind in voller Arbeit; Endre Polden hatte endlich seine Autorität geltend gemacht und sie mit Gewalt an Bord getrieben. Gut! Aber nun wollte Schiffer Reiersen etwas in der Sache machen, gebt nur acht, er weiß schon, was! Er hört, wie das Lachen und Schwatzen der Mädchen in dem leeren Fahrzeug widerhallt, und denkt:

O bitte sehr, seid nur guten Mutes! Nur Pauline schwatzte nicht.

Es war eine ebenso alte Sitte, daß die Schichterinnen an den Tagen, da die Fischverladung vor sich ging, gratis traktiert wurden. Gratistraktierung? Ha, ha! Ja, Reiersen wollte wohl daran denken! Ja, das war es gerade, was er sich ausgedacht hatte, daß heuer nichts aus der Gratistraktierung werden sollte. Das hing doch von ihm ab.

Pauline! rief er, ich wünsche mit dir in der Kajüte zu reden. Pauline stieg aus dem Schiffsraum hinauf und folgte dem Schiffer in die Kajüte hinab.

Du warst die einzige, die sich nicht weigerte, an Bord zu kommen, sagte der Schiffer. Ich will mich dir erkenntlich zeigen.

Ihr sollt Euch nicht in Unkosten stürzen, erwiderte sie. Aber Reiersen *wollte* sich in Unkosten stürzen. Es fände sich nichts in seinem

Besitz, was er nicht hätte hergeben mögen. Koch, mach Feuer und koch Kaffee!

Der Schiffer setzte ihr selbst Branntwein und Kringel vor, und Pauline bekam ein wahres Festessen.

Wenn du in den Schiffsraum zurückkommst, erzähle den Mädchen, daß Schiffer Reiersen dir nichts zuleide tat, sagte er. Sie tranken und taten sich gütlich, Reiersen klopfte dem alten Mädchen auf die Schulter. Sie stand auf und wollte an ihre Arbeit gehen.

Bleib noch sitzen, sagte er, plaudern wir noch ein Weilchen. Es ist das letzte Mal, daß ich hierher komme, um Fische zu trocknen.

Ach, sagt das nicht.

Reiersen nickte:

Doch, das letzte Mal!

Es rührte sich etwas in dem alten Mädchenherzen, sie schlug die Augen nieder und fragte: Wann segelt Ihr denn ab?

Wenn die Fische an Bord sind, erwiderte er. Morgen nacht oder übermorgen nacht!

Sie setzte sich wieder.

Gott sei mit Euch! sagte sie wie zu sich selbst.

Trinken wir eins darauf, antwortete er. Vor allem sollte nicht wieder eine Predigt daraus werden. Er fragte sie geradezu: Na, Pauline, wann wirst du dich denn verheiraten?

Sie sah ihn gekränkt an und sagte:

Macht Ihr Euch über mich lustig?

Ich mich über dich lustig machen? fragte er. Warum denn?
Kann ich heiraten, ich, die nur ein Auge hat? fragte sie.
Reiersen stieß verächtlich die Luft aus.
Warum nicht? Das ist nur ein kleiner Körperfehler.
Sie war ihm dankbar für diese Worte und gab ihm recht. Sie hatte ein Auge verloren, aber sie war darum noch ebenso gut, sie hatte Unglück gehabt, ein Kind hatte ihr mit einer Stricknadel das Auge ausgestochen. Dann waren Jahre vergangen, und sie hatte niemand sonst gehabt, an den sie sich halten konnte, als Gott. Sie weinte bisweilen um ihr Auge. Aber sie hatte kräftige Glieder und eine starke Gesundheit, ein Gut, das ihr noch nicht genommen war.
Reiersen schenkt in die Gläser ein. Er lehnt sich zu ihr hinüber und will nichts davon hören, daß sie nicht mehr trinken könne. Es wäre das letzte Mal, daß er hier in der Bucht läge, und sie wäre das einzige Wesen, das sich zu ihm gewagt hätte, dies würde er ihr gedenken. Sie werden beide gerührt während dieses Gesprächs, Reiersen ergreift die Hand des alten Mädchens, sie saß da so sicher und kräftig, wie ein Fohlen.
Plötzlich umarmt er sie und sagt:
Besinnst du dich noch auf damals im Bootsschuppen? Jene Nacht vor zwanzig Jahren?

Ja, erwidert sie ganz leise. Sie leistet keinen Widerstand, er hält sie noch immer umfaßt. Ich habe Euer die ganze Zeit gedacht. Gott vergebe mir meine Sünde, sagt sie.
Nun wollte er aber feststellen, ob er etwa schon so ein abgedankter Alter wäre, der zu nichts mehr taugte.
Was wollt Ihr? fragt sie verwundert. Seid Ihr verrückt? Ein verheirateter Mann!
Als aber ihre Vorwürfe nichts helfen, schlägt sie ihm mit derber Faust auf den Kopf, so daß er betäubt gegen das gelbe Paneel zurücktaumelt.
Hätte ich gewußt, daß Ihr an so was denkt, hätte ich meinen Fuß nicht hergesetzt, sagt sie ärgerlich. Hat man schon je so einen Kerl gesehen! Ein verheirateter Mann!
Sie geht zur Tür hinaus, die Treppe hinauf und steigt zu ihrer Arbeit in den Schiffsraum hinunter. Ihr Traum von Reiersen war zerstört, sie würde gewiß nicht mehr an ihn denken und sich seines schwarzhaarigen Kopfes aus den Tagen der Jugend erinnern, wenn er so einer war. Er hatte weder vor sich noch vor Gottes Gebot Achtung. Im Bootsschuppen vor zwanzig Jahren! Ja, war das nicht ganz etwas anderes? Da war keines von ihnen verheiratet und handelte Gott zuwider! Aber Reiersen war von diesem Augenblick an ein abgetaner Mann. Nicht einmal eine einäugige Hexe von vierzig Jahren

wollte mehr etwas von ihm wissen, von ihm, der alle Mädchen an der Bucht zu seinen Füßen gesehen hatte. Das Alter war gekommen, seine Rechnung abgeschlossen.

Es blieb ihm wohl auch nichts anderes übrig, er mußte ernster und gottesfürchtiger auf seine alten Tage werden; wenn ihm alles andere fehlschlug, konnte er sich dann wenigstens daran halten. Er entsann sich dieses Beschlusses auch, als er ganz nüchtern geworden war, und sagte zu sich selbst: Du fängst an, jeden Tag ein wenig besser zu werden, tue kleine Schritte und schreite ständig vorwärts; die Pauline kann recht haben, daß es dazu an der Zeit ist.

Als Endre Polden am Abend an Bord kam und meldete, daß die Fische morgen abend verladen sein könnten, erwiderte der Schiffer ernst:

Gott sei gelobt!

Endre Polden sah ihn verständnislos an. Er fragte:

Wann lichtet Ihr die Anker?

Und der Schiffer antwortete wiederum unfaßbar:

Wenn Gott will, morgen nacht!

Und Gott wollte es. Reiersen lichtete die Anker und richtete den Bug hinaus. Tausend Gedanken zogen durch seinen Sinn. Er kannte jeden Holm; hier hatte er in seiner Jugendzeit, seiner Glanzzeit, dieses und dort jenes erlebt. Ach, nun war das alles vorbei . . .

Reiersen steht am Steuer. Er spiegelt sich im Kompaßglase. Plötzlich richtet er sich wie ein Admiral in die Höhe und sagt leise vor sich hin:

Nächstes Jahr versuche ich es anderwärts! Da müßte doch der Teufel dreinfahren, wenn ich schon ganz und gar abgetan sein sollte!

Der Ring

Ich sah einmal in einer Gesellschaft ein junges verliebtes Mädchen.
Ihre Augen waren doppelt blau und doppelt strahlend, und sie vermochte ihre Gefühle nicht zu verbergen.
Wen liebte sie?
Den jungen Herrn dort am Fenster, den Sohn des Hauses, einen Mann in Uniform und mit Löwenstimme. Ach Gott, wie ihre Augen den jungen Mann liebkosten und wie sie unruhig auf ihrem Stuhle saß!
Als wir nachts nach Hause gingen, sagte ich, weil ich sie so gut kannte:
Wie klar und herrlich das Wetter ist! Hast du dich heute nacht amüsiert?
Und um ihrem Wunsche zuvorzukommen, zog ich meinen Verlobungsring vom Finger und sagte weiter:
Sieh, dein Ring ist mir zu eng geworden, er drückt mich. Wie, wenn du ihn weiter machen ließest?
Sie streckte ihre Hand aus und flüsterte:
Gib ihn mir, dann wird er schon größer werden.
Und ich gab ihr den Ring.

Einen Monat später traf ich sie wieder. Ich wollte nach dem Ringe fragen, unterließ es aber.

Es eilt noch nicht, dachte ich, laß ihr noch Zeit.
Da blickt sie die Straße entlang und spricht:
Es ist wahr – der Ring. Ich hatte Unglück mit ihm. Ich habe ihn verlegt, oder vielmehr verloren.
Sie wartet dann auf meine Antwort.
Bist du mir deshalb böse? fragte sie unruhig.
Nein, antwortete ich.
Ach Gott, wie erleichtert sie fortging, als sie sah, daß ich nicht böse darüber war.

Dann verging ein ganzes Jahr.
Ich kam wieder in die Gegend und ging eines Abends einen mir bekannten, sehr bekannten Weg.
Da kommt sie mir entgegen, und sie hatte dreifach blaue und dreifach strahlende Augen. Ihr Mund aber war so groß und so bleich geworden.
Hier ist dein Ring, rief sie, dein Verlobungsring. Ich habe ihn wiedergefunden, Geliebter, und ihn größer machen lassen. Nun wird er dich nicht mehr drücken.
Ich sah das verlassene Weib an und ihren großen, bleichen Mund. Und ich betrachtete auch den Ring.
Ach! sagte ich und verneigte mich tief, mit dem Ring haben wir Unglück! Nun ist er allzu weit!

Auf den Bänken bei Neufundland

Monat für Monat lagen wir auf den Bänken und fischten Kabeljau. Der Sommer und der Winter kamen und gingen, und wir lagen immer noch an derselben Stelle, mitten im Meer, an der Grenze zweier Erdteile, Europa und Amerika. Vier- bis fünfmal im Jahre gingen wir nach Miquelon hinauf, um unsern Fang zu verkaufen und uns zu verproviantieren. Dann segelten wir wieder auf das Meer hinaus, verankerten uns auf demselben Grunde und fischten Kabeljau – und steuerten wieder nach Miquelon hinauf, um abermals zu löschen. Ich war in der Stadt niemals an Land. Warum sollte ich auch an Land gehen? Man sah dort sehr wenig Menschen an dem Platze, diesem kleinen Weltende, das nur einige Fischer und Schiffshändler bewohnten.

Unser Schiff war ein Russe und führte den Namen ›Kongo‹, ein wirklicher Russe, eine alte Bark, die noch auf den Seiten halbverdeckte Stückpforten hatte von ihren jüngeren Tagen her. Wir waren acht Mann an Bord: zwei Holländer und ein Franzose, zwei Russen und ich; der Rest waren Neger.

Der ›Kongo‹ hatte vier Boote. Auf ihnen fuhren wir am Morgen hinaus und zogen unsere Schnüre ein, im Sommer um drei Uhr, im Winter bei Morgengrauen, und am Abend legten wir sie wieder aus, immer auf derselben Stelle, sieben- bis achthundert Faden WSW vor dem ›Kongo‹.

Ein Tag verging wie der andere, immer lagen wir da. Unser Dasein bot keine Abwechslung; wir wußten nicht einmal immer, ob es Sonntag oder Montag war. Das einzige, was unsere Verhältnisse von denen der anderen Neufundlandfischer unterschied, war das Ungewöhnliche, daß unser Schiffer seine Frau mit an Bord hatte. Diese Frau war ein junges, sehr widerliches Geschöpf, mit ganzen Trauben von Warzen auf den Händen, und entsetzlich mager und sehr klein.

Wir sahen sie fast jeden Morgen, wenn wir von Bord abstießen; sie war dann gerade aufgestanden, war schläfrig und sehr unordentlich angezogen. Sie konnte sich gerade vor unsern Augen breitbeinig hinstellen und die Röcke von sich abhalten und . . . nein, es läßt sich wirklich nicht erzählen. Aber obwohl sie so unsauber war und fast niemals ein Wort mit uns sprach, hatten wir Matrosen sie doch gern, wir alle hatten sie gern, jeder in seiner Weise, und keiner von uns hätte sie entbehren mögen. So genügsam waren wir geworden.

Wir waren keine Seeleute, sondern nur Fischer. Ein Seemann segelt immer weiter, gelangt irgendwohin und beendet schließlich seine Fahrt, wie lange sie auch währt; aber wir, wir lagen still, ewig und immer still, mit all unsern Ankern in der Bank. Es war nun so lange in dieser Weise gegangen, daß wir schließlich uns fast nicht mehr entsinnen konnten, wie das Festland eigentlich aussieht. Wir hatten uns sehr verändert. Das ewige Stilliegen hatte uns seltsam stumpf, wirklich ganz stumpf gemacht. Wir sahen nichts weiter als Nebel und Meer und hörten nichts anderes als Wind und Wetter von oben und unten; wir interessierten uns für nichts und dachten keine längeren Gedanken mehr. Warum sollten wir auch denken? Unsere ständige Beschäftigung mit Fischen hatte uns selbst zu Fischen gemacht, zu seltsamen, fleischartigen Seetieren, die auf einem Schiff herumkrochen und eine eigene, nur ihnen verständliche Sprache redeten.

Wir lasen auch nicht, nichts lasen wir. Briefe konnten zu uns hier draußen im Meer nicht herausgelangen, und außerdem hatte der scharfe Nebel, den wir einsogen, unsere tägliche Beschäftigung mit rohen Fischen, unser ununterbrochener Aufenthalt auf den Bänken unsere ganze Leselust ertötet. Wir aßen, arbeiteten und schliefen. Der einzige von uns, der nicht ganz den Kopf verloren hatte und noch einigermaßen am Leben teilnahm, war der Franzose. Er zog mich einmal auf Deck beiseite und fragte im ernstesten Tone:

Meinst du, daß man jetzt daheim Krieg führt?

So gleichgültig waren wir für alles geworden, daß wir fast nicht mehr miteinander sprachen. Wir wußten allzu gut, wie die Antwort auf jede Fragen lauten würde, und dazu kam noch, daß wir oft die größte Mühe hatten, gegenseitig unsere Sprachen zu verstehen. Was half es nämlich, daß die offizielle Sprache des Schiffes Englisch war! Sowohl die Holländer als der Franzose waren zu ungelehrig und zu trotzig, um sie zu lernen, und selbst wenn die Russen etwas Längeres sagen wollten, gingen sie wütend in ihre eigene Sprache über und nagelten uns lange Stunden fest. Wir waren in jeder Beziehung ziemlich hilflos und verlassen.

Aber bisweilen, wenn wir so saßen und die Schnüre einholten, zog draußen ein Auswandererschiff vorbei, ein mächtiger, schattenhafter Koloß, der seine Pfeife einmal ertönen ließ und im selben Augenblick im Nebel verschwand. Diese gewaltigen Ungeheuer, die für einen Augenblick auftauchten und dann wieder verschwunden waren, gewährten einen fast unheimlichen Anblick. Wenn es im Dunkeln geschah und die Lichter vom Schiff uns mit runden, glühenden Ochsenaugen längs des ganzen Rumpfes anstarrten, stießen wir oft einen plötzlichen Schrei der Angst und Verwunderung aus. Bei stillem Wetter fühlten wir den Luftdruck von dem gigantischen Gespenst bis zu uns her. Und unsere Boote wiegten sich lange nachher

in den schweren Wellen, die das Gespenst im Meere aufbrach, als es vorbeizog.
Es konnte auch vorkommen, wenn das Wetter ein wenig klar war, daß van Tatzel, mein Bootskamerad, der gute Augen hatte, weit draußen ein Segelschiff zu entdecken vermochte; aber sie kamen uns niemals so nah, daß wir einen Menschen an Bord unterscheiden konnten. Wir sahen niemals andere Leute als unsere eigenen: ein Koch, acht Fischer und der gichtbrüchige Schiffer mit seiner Frau.
Merkwürdige Gemütsbewegungen konnten bisweilen in uns entstehen, wenn wir dasaßen und mühsam an den Schnüren zogen und sie fast nicht heraufbekommen konnten: es war uns dann, als würden unsere Angeln von verborgenen Händen tief unten festgehalten, so daß unser Boot auf die Seite kippte. Wir riefen einander zu, mit knirschenden Zähnen und toll vor Angst. Wir vergaßen, wo wir waren und was wir taten, wir wurden ungeheuer erregt durch diesen Kampf mit den unsichtbaren Mächten der Meerestiefe, die nicht loslassen wollten, was sie einmal gefaßt hatten.
Wenn einer der Fischer einen Anfall dieser Gemütsstimmung bekam, sagte man auf den Bänken, er sänge ›um klares Wetter‹, weil wir meinten, der Nebel wäre daran schuld. Bisweilen kam es uns auch vor, wenn wir dasaßen und tranken, als nickten uns wunderliche, phan-

tastische Wesen aus dem Nebel auf dem Meere zu, nickten recht schlotterig, mit großen, zottigen Köpfen, und als verschwänden sie wieder. Und zerfließende, koboldhafte Gestalten schritten in dem weißen Dunst umher, groß wie Berge, sie flossen hierhin und dorthin, je nachdem, woher der Wind blies, schwebend in schweren Schritten von West nach Ost, sie rollten sich durch die Luft mit ihren nebelhaften Gliedern und in gewaltigen Mänteln, die ihnen nachflatterten.

Van Tatzel und ich sahen einmal gleichzeitig eine Erscheinung, über die wir fast erstarrten: Es war an einem dunklen Abend, als wir unsere Schnüre auslegten; wir sahen einen Mann, der in der Luft auf und ab schaukelte, sein ganzer Kopf stand in Flammen, er blies wie ein Sturmwind, wir hörten es alle beide. Kurz darauf strich ein Dampfer an uns vorbei; wir stießen einen Schrei aus, als die Pfeife ertönte; dann verschwand er . . .

Aber wenn wir am Vormittag unsere Schnüre eingezogen hatten und mit unsern vollbeladenen Booten am ›Kongo‹ anlegten, machten unser guter Fang und die Zufriedenheit, die schlimmste Arbeit für diesen Tag getan zu haben, uns oft in einer andern Weise töricht und erregt: so geschah es manchmal, daß wir eine ganz unnatürliche Freude daran fanden, die Fische zu mißhandeln. Besonders die beiden Russen waren ganz versessen darauf. Sie packten die großen Fische beim Kopf, drückten die Finger in ihre weichen Augen hinein und hielten sie so in die Höhe, indem sie geil in sich hineinlachten und sie ansahen.

Eines Tages bemerkte ich, daß der eine von den Russen in einen rohen Fisch hineinbiß, die Zähne tief in ihn hineingrub, ihn etwa zwei Minuten so festhielt und dabei die Augen schloß.

Diese fetten Fischleichen wirkten überhaupt sehr auf uns alle; wir konnten ganz erregt werden, wenn wir ihre glatten Leiber öffneten; wir schnitten den Tieren lebend den ganzen Bauch auf, wühlten unnötig viel mit den Händen in ihren Eingeweiden herum und besudelten uns mehr mit ihrem Blut, als nötig war.

Der Franzose hielt sich immer vor diesen tierischen Gelüsten zurück; aber dafür war er von einer ganz verrückten Neigung zur Schiffersfrau entflammt und vermochte es nicht einmal zu verbergen. Er sagte es uns allen ganz offen. Ich liebe sie, ja, Gott helfe mir, wie ich sie liebe! sagte er mehrmals am Tage.

Einer von den Negern, den wir den ›Doktor‹ nannten, weil er in seiner ersten Jugend ein wenig Medizin studiert hatte, war auch heftig verliebt in sie; ich hätte ihn damals, als er es mir erzählte, auf der Stelle, nur aus Eifersucht, totschlagen können. Denn auch mir erging es nicht besser.

Aber sie selbst ging mager und stumpfsinnig und schrecklich schmutzig umher und merkte nichts von dem allen. Uns würdigte sie keines Blickes. Einmal, als ich etwas auf Achterdeck zu tun hatte, wo sie auf ihrem Feldstuhl saß und gerade vor sich hin starrte, stolperte ich über eine Tauhaspel und wäre beinahe gefallen. Das ärgerte mich so, daß ich mich umdrehte und diese Tauhaspel ganz dumm und geistesabwesend anstarrte, statt weiterzugehen, und ich muß entschieden sehr lächerlich ausgesehen haben. Warum lachte sie denn nicht? Und warum sah sie mich die ganze Zeit an, wenn es nicht geschah, um zu lachen? Sie hatte nach nichts Verlangen; es verzog sich keine Miene in ihrem Gesicht. Sie verfault! sagte van Tatzel in seiner falschen Sprechweise; weiß Gott, sie verfault sehr!

Und doch hätte keiner von uns um alles in der Welt sie los sein mögen . . .

Wenn die Fische ›hergerichtet‹ und die Schnüre wieder ausgelegt waren, war unsere Tagesarbeit getan, und wir verbrachten ein oder zwei Stunden mit Essen und Tabakrauchen. Und dann gingen wir in die Kojen.

Nun konnten wir, wenn wir nicht allzu müde waren, ein bißchen miteinander plaudern und sogar allerlei Geschichten erzählen, alles in einer derben und unvollkommenen Sprache, voller Flüche und häßlicher Worte. Der Fanzose

wußte ein Stück von einem Manne zu erzählen, der ›kein Weib ansehen konnte, ohne ihrer zu begehren‹, und dieses Stück hatte er mehrmals erzählt, immer mit demselben großen Erfolg. Die Russen waren ganz entzückt davon und lachten unaufhörlich, wenn es erzählt wurde. Ihre Freude über die derbe Erzählung war so aufrichtig wie bei Kindern, sie verzerrten ihren Mund und warfen sich aufgeregt in ihrer Koje hin und her. Na und dann? fragten sie die ganze Zeit. Wie ging es dann weiter? Und doch wußten sie ebenso gut wie wir anderen, wie das Ganze zugegangen war.
Van Tatzel dagegen war fast niemals so glücklich, wenn er *seine* Geschichte erzählte; wir mochten sie selten anhören. Wir verstanden ihn so schlecht, er konnte so wenig Englisch, und außerdem verdrehte er noch das wenige, was er wußte. Wenn er im Begriff war, etwas zu sagen, und plötzlich festsaß, sah er sich mit seinem vergrämten Gesicht nach uns allen um und wußte nicht, wie er sich helfen sollte. Er war wirklich sehr zu bedauern.
Van Tatzel war der ältere der beiden Holländer, ein altes Schwein; ziemlich taub, aber sonst gutmütig und gefällig. Er hatte immer Wattepfropfen in den Ohren, Sommer wie Winter, große Wattepfropfen, die von Alter und Unsauberkeit gelb waren. Er hatte eine ungewöhnlich schwerfällige Gestalt. Das Meer hatte ihn

zu einem reinen Kinde gemacht, und er vermochte nicht über seine Nasenspitze hinaus zu denken. Wenn er in der Koje lag, rauchte er seinen starken Tabak, spuckte rücksichtslos in die Kajüte hinab und begann seine Erzählung immer folgendermaßen:

Es war einmal eines Abends in Amsterdam, sagte er, es war eines Abends in Amsterdam. Ich hatte gerade Heuer genommen, und es war mein letzter Abend an Land. Ich entsinne mich nicht, wieviel Uhr es war, aber es war schon sehr spät, sagte van Tatzel. Als ich aus einer Bierhalle herauskomme und mich an Bord begeben will, kremple ich erst meine Hosen auf; ich entsinne mich, daß ich an jedem Hosenbein zwei Krempel machte. Aber übrigens war ich mehr als betrunken und fiel bei dem Aufkrempeln auf die Knie. Dann kreuzte ich davon und war gerade bis zur Leopoldstraße gekommen. Da trat etwas ein – etwas, was mich betraf. Denn ich war nicht so betrunken, daß ich sie nicht gesehen hätte; sie war dicht hinter mir, mitten in der Straße – ihr mögt es mir glauben oder nicht, aber es war eine Dame.

Der alte Narr richtet sich in seiner Koje auf und sieht uns an. Eine feine Dame! sagte er. Und weiter kommt er nicht. Sein Englisch reicht nicht weiter, er kommt nicht mehr von der Stelle.

Eine wirkliche Dame war hinter dir her auf den

Straßen von Amsterdam? fragt der ›Doktor‹ neckend von seiner Koje her. Ja, eine Dame! sagt er entzückt und lacht übers ganze Gesicht. Das erregt ihn so, daß er es zweimal beschwört, und wir lachen über ihn alle zusammen. Er versucht, weiterzuerzählen, sitzt aber wieder fest; es ist ihm nicht möglich, weiterzukommen. Er arbeitet sein altes Hirn ab, strengt sich aufs furchtbarste an, um ein Wort zu finden, das uns die Sache klarmachen könnte; aber er schweigt mäuschenstill. Ihm liegt so viel daran, sich gerade über diesen Punkt auszusprechen, und plötzlich, als er völlig überwältigt ist von der Erinnerung an diese Dame und ganz voll Verzweiflung, weil er sich nicht auszudrücken vermag, erfolgt ein Ausbruch in seiner eigenen Sprache, poltert ein großer Schwall wunderlicher Worte hervor, die nicht ein einziger von uns verstehen kann, ausgenommen sein Landsmann, der in einer anderen Koje liegt und schnarcht.

Das war van Tatzels Geschichte, die einzige, die er konnte und die immer an dieser Stelle endete. Wir hatten sie so viele Male gehört, sie begann stets in derselben Weise mit dem Abend in Amsterdam. Es war eine glaubwürdige Geschichte, und keiner von uns zweifelte daran.

Dann lagen wir eine Weile und dachten an diese Erzählung, während das Meer draußen lärmte, die Lampe in ihrem Messingring schwankte und

die Wache mit ihren Holzschuhen auf Deck über uns trampelte. Dann kam die Nacht ...
Aber bisweilen wachte ich um Mitternacht wieder auf, halb erstickt von dem Dunst all dieses atmenden Menschenfleisches, das sich in wilden Träumen wälzte und die Decken abstrampelte. Die Lampe leuchtete auf die plumpen Körper in grauen Wollhemden herab. Die Russen mit ihren paar langen Barthaaren sahen wie schlafende Seehunde aus, und ihre dicken, nackten Füße glichen Flossen.
Aus jeder Koje vernahm man Stöhnen und halbe Worte; die Neger lagen da und fletschten ihre weißen Zähne und sprachen laut, nannten einen Namen und bliesen ihre schwarzen Wangen auf.
Aus der Koje des jüngeren Holländers vernahm man unter glucksendem Lachen denselben Namen, und dazwischen Schnarchen und kurzes, lautes Wimmern – den Namen der Schiffersfrau. Alle beschäftigten sich mit ihr, diese liederlichen Tiere sprachen sogar von ihr, wenn sie im Schlaf lagen, jeder in seiner Sprache. Sie lagen da in schnarchendem Schlaf mit geschlossenen Augen und murmelten die schamlosesten Worte und lächelten und streckten die Zunge heraus. Nur van Tatzel schlief ruhig, gesund und friedlich, wie ein sprachloses Tier.
Der scharfe Kajütendunst, der Tabaksrauch, der Geruch nach schwitzenden Menschen und nach

der Fischladung vermengte sich zu einem schweren, drückenden Nebel, der sich auf meine Augen legte, sobald ich sie öffnete. Und ich schlief wieder ein, und eine ungeheuer große Blume saß auf mir wie ein Alp und legte sich auf mich und saugte mich in ihre nassen Blätter ein, erstickte mich, ruhig und sicher, leise und still. Und ich wußte nichts mehr von der Welt ...

Dann kam die Wache und weckte mich auf.

Eine ganz gewöhnliche Fliege mittlerer Größe

Unsere Bekanntschaft fing damit an, daß sie eines Tages, während ich saß und schrieb, zu meinem offenen Fenster hereingeflogen kam und einen Tanz um meinen Kopf begann. Sie fühlte sich offenbar von dem Spiritus in meinem Haar angezogen. Ich schlug einmal ums andere nach ihr, aber sie kümmerte sich nicht darum.

Da griff ich nach der Papierschere.

Ich habe nämlich eine Papierschere, sie ist groß und schön, ich gebrauche sie als Pfeifenkratzer und Feuerzange, ich schlage mit ihr auch Nägel in die Wände ein; in meiner geübten Hand ist sie eine fürchterliche Waffe. Ich schwang sie einige Male in der Luft, und die Fliege flog weg.

Aber ein Weilchen später kam sie wieder zurück und begann ihren Tanz von neuem. Ich sprang auf und rückte meinen Tisch weiter nach der Türe. Die Fliege kam mir nach. Ich werde dir schon einen Possen spielen, dachte ich. Und ich ging in aller Stille hin und wusch den Spiritus aus meinen Haaren aus. Das half. Die Fliege setzte sich ziemlich betrübt auf meine Lampenkuppel und rührte sich nicht.

Das ging so eine ganze Weile; ich arbeitete weiter und brachte eine Menge fertig. Aber auf die Dauer wurde es ein wenig einförmig, immer dieser Fliege zu begegnen, jedesmal, wenn ich die Augen aufschlug. Ich betrachtete sie; sie war eine ganz gewöhnliche Fliege mittlerer Größe, gut gebaut, mit grauen Schwingen. Rühr dich ein wenig! sagte ich. Sie rührte sich aber nicht. Fort! sagte ich und fächelte nach ihr. Da flog sie auf, machte einen Schwung durch das Zimmer und kam wieder zur Lampenkuppel zurück.

Von diesem Augenblick schreibt sich unsere eigentliche Bekanntschaft her. Ich bekam vor ihrer Standhaftigkeit Achtung. Was sie wollte, das wollte sie; auch rührte sie mich durch ihren Ausdruck, sie legte den Kopf auf die Seite und sah mich betrübt an. Unsere Gefühle wurden gegenseitig, sie verstand, daß ich etwas für sie übrig hatte, und richtete sich danach, sie wurde in ihrem Auftreten immer freier. Bereits am Nachmittag, als ich ausgehen wollte, flog sie vor mir her zur Türe und suchte es zu verhindern.

Am nächsten Tage war ich zur üblichen Zeit aufgestanden. Als ich vom Frühstück hineingehen wollte, um mich an die Arbeit zu machen, traf ich in der Tür meine Fliege. Ich nickte ihr zu. Sie summte einige Male in der Stube umher und setzte sich auf meinem Sessel nieder. Ich hatte sie nicht zu dem Sitz hingeführt und brauchte den Sessel. Fort! sagte ich. Sie hob sich einige Zoll empor und ließ sich wieder auf dem Sessel nieder. Da sagte ich: Nun setz ich mich! – ich setzte mich auch. Die Fliege flog empor und nahm auf meinem Papier Platz. – Fort! sagte ich. Keine Antwort. Ich blies sie an, sie duckte sich und wollte nicht weg. Es geht nicht ohne gegenseitige Rücksichtnahme auf die Dauer! sagte ich. Sie hörte mich an und dachte darüber nach, beschloß aber gleichwohl, sitzen zu bleiben. Da schwang ich wieder die Papierschere; das Fenster war offen – daran hatte ich nicht gedacht –, die Fliege flog hinaus.

Ein paar Stunden lang blieb sie draußen. Ich ging die ganze Zeit umher und bereute, daß ich sie hinausgelassen hatte. Wo sie nun sein mochte. Wer weiß, was ihr zustoßen konnte! Endlich setzte ich mich auf meinen Platz und wollte wieder zu arbeiten anfangen: aber ich war voll düsterer Ahnungen.

Da kehrte die Fliege zurück. Sie brachte etwas Häßliches an ihrem einen Hinterbein mit. Du bist auf dem Misthaufen gewesen, du Tier, sagte ich zu ihr, pfui! Aber ich freute mich doch, daß sie wiedergekommen war, und ich machte meine Fenster fest zu. Wie kannst du solche Ausflüge unternehmen! sagte ich. Da sah sie aus, als wenn sie sich amüsierte und bah! zu mir machte, weil sie diesen Ausflug unternommen hatte. Ich hatte noch niemals eine Fliege so lustig gesehen, sie steckte mich damit an; ich sagte auch bah! und lachte herzlich. Haha, hat man je einen solchen Kobold von einer Fliege gesehen! sagte ich. Komm her, ich

will dich ein wenig unterm Kinn kraulen, du Schelm!
Am Abend versuchte sie wieder ihren alten Scherz und wollte mir die Türöffnung versperren. Ich ermannte mich und gebrauchte meine Autorität. Es war ja ganz schön, daß sie mich liebhatte; aber mich jeden Abend zu Hause zurückzuhalten, das vermochte sie doch nicht. Ich drängte mich mit Gewalt an ihr vorbei. Ich hörte, wie wütend sie drinnen war, und ich rief zu ihr hinein: da siehst du, wie es ist, wenn man allein ist. Adieu. Nun kannst du sitzen bleiben!
An den folgenden Tagen stellte diese kleine Mistfliege meine Geduld auf manche Probe. Kamen Leute zu mir, wurde sie eifersüchtig und jagte sie durch ihre Ungezogenheit zur Türe hinaus. Wenn ich ihr nachher wegen ihres Benehmens Vorwürfe machte, und sie ein wenig beim Schopfe nehmen wollte, machte sie einen halsbrecherischen Schwung vom Boden bis gerade hinauf zur Decke, wo sie sich festsetzte, so daß mir ganz schwindlig wurde. Du fällst herunter! schrie ich ihr zu. Aber meine Warnungen fruchteten nichts. Na, dann bleib oben sitzen! sagte ich und wandte ihr den Rücken. Da kam sie herunter. Ja, damit war es nicht abgetan. Als ich von ihr keine Notiz nahm, flog sie dicht an meiner Nase vorbei und fiel mit einem Knall gerade auf mein Manuskript herab.

Hier begann sie umherzuspazieren, als wenn ich gar keine Papierschere mehr im Haus hätte. Man muß es weiterhin im Guten mit ihr versuchen, dachte ich. Und ich sagte freundlich: Geh da nicht und beschmutze dich nicht mit Tinte; ich will ja nur dein Bestes! Aber sie war taub für meine Worte. Habe ich dir nicht gesagt, du sollst nicht auf dem Papier gehen? wiederholte ich. Das ist grobes Papier, Konzeptpapier, du kannst dir Splitter in die Füße eintreten. Ach nein, sie schien das nicht zu fürchten. Hat man schon je solchen Eigensinn gesehen! schrie ich empört. Ist das Papier etwa nicht splittrig? Nein, es schien ihr nicht im geringsten splittrig. Dann geh zum Teufel damit! rief ich. Ich nehme mir einen anderen Bogen. Als ich einen anderen Bogen nahm, lief sie weg.
Es vergingen Tage und Wochen. Wir gewöhnten uns aneinander, arbeiteten zusammen, auf verschiedenen Bogen, und teilten Freud' und Leid. Sie hatte unzählige Launen, aber ich ertrug sie. Sie hatte mir deutlich ihre Abneigung gegen Zug zu erkennen gegeben, und ich hielt daher Türen und Fenster geschlossen. Nichtsdestoweniger konnte ihr bisweilen der Einfall kommen, sich von der Decke herabzustürzen und geradezu gegen die geschlossene Fensterscheibe anzustürmen, als wollte sie sie sprengen. Hast du draußen was zu tun, dann geh *diesen* Weg, sagte ich. Und ich öffnete ihr die Tür. Nein,

da schien sie nicht hinaus zu wollen. Willst du hinaus, oder willst du nicht hinaus? fragte ich. Eins, zwei, drei! Keine Antwort. Ich warf die Türe krachend zu.

Ich sollte meinen Zorn bald bereuen:

Eines Tages war die Fliege weg. Sie hatte am Morgen aufgepaßt, als das Mädchen in die Stube hineinkam, und war durch die Türe hinausgeschlüpft. Ich begriff, daß das ihre Rache war, und ich grübelte lange darüber, was ich tun sollte. Dann ging ich in den Hof hinaus und rief: Meinetwegen, wenn sie fortbleiben wollte, nur immerzu, ich vermißte sie nicht! Es half nichts, ich konnte sie nicht herbeilocken; ich sehnte mich nach der Fliege. Ich öffnete alles, was in meinem Hause geöffnet werden konnte, und legte mein Manuskript ins Fenster, wo es Wind und Wetter ausgesetzt war; sie sollte sehen, daß mir für sie nichts zu gut wäre. Ich fragte meine Wirtin nach der Fliege, ich goß wieder eine Menge Spiritus auf mein Haar und lockte sie und nannte sie meinen besten Freund und meine Hoffliege, um ihr zu schmeicheln – alles vergebens.

Endlich am Vormittag des nächsten Tages kehrte sie zurück. Sie kam nicht allein, sie brachte einen Liebhaber von der Straße mit. In meiner Freude, sie wieder zu sehen, vergab ich ihr alles und übte sogar eine Zeitlang gegen ihren Liebsten Nachsicht! Aber was zuviel ist, ist zuviel. Alles hat seine Grenzen. Sie setzten sich zuerst hin, um einander Blicke zuzuwerfen und sich die Beine zu reiben, plötzlich aber stürzte sich der Liebhaber in einer Weise über sie her, daß ich errötete. Was macht ihr da vor den Augen aller Leute! sagte ich und schalt sie aus. Nur nicht so groß tun, wenn man sich so benimmt!

Das nahm sie sehr übel auf; sie warf den Kopf spöttisch nach hinten und machte mir deutlich begreiflich, daß ich wohl nur eifersüchtig wäre. Ich eifersüchtig? pfiff ich. Eifersüchtig auf den da? Nein, weißt du was? Aber sie warf den Kopf noch mehr nach hinten und wiederholte ihre Behauptung. Da erhob ich mich und äußerte folgende Worte: Mit dir will ich mich nicht zanken, das widerstrebt meinem Rittergefühl; aber schicke deinen elenden Liebhaber zu mir, ihm werde ich zu begegnen wissen.

Und ich griff nach der Papierschere.

Nun begannen sie mich zu verhöhnen. Sie saßen auf der Tischdecke, lachten so, daß sie sich schüttelten, und schienen zu sagen: Haha, hast du keine größere Papierschere, eine etwas größere Papierschere? – Ich werde euch zeigen, daß es nicht auf die Waffe ankommt, erwiderte ich. Ich werde mit einem armseligen Lineal in der Hand auf den Kerl losgehen! Ich schwang das Lineal. Da lachten sie noch mehr und zeigten mir ihre Geringschätzung, in der deutlichsten Weise. Was fangt ihr denn nun schon wieder an! sagte ich drohend. Aber sie nahmen keine Notiz von mir, der Augenblick schien ihnen nicht schicksalsschwanger, sie näherten sich einander mit unkeuschen Gebärden und waren grade im Begriff, sich wieder zu umarmen. Das werdet ihr nicht tun! schrie ich ihnen zu, aber sie taten es doch. Gerade vor meinen Augen. Da war meine Langmut zu Ende, ich erhob das Lineal und ließ es wie ein Blitz niederfallen. Es wurde alles zerquetscht, es floß etwas, mein wohlgezielter Schlag hatte sie beide leblos zu Boden gestreckt.

So endete die Bekanntschaft . . .

Es war nur eine kleine gewöhnliche Fliege mit grauen Flügeln. Und es war nichts Besonderes an ihr. Aber sie hat mir manche vergnügte Stunde verschafft, solange sie lebte.

Geheimes Weh

1

Ich habe nun denselben Menschen zum viertenmal wieder getroffen. Er verfolgt mich überall, ich bin niemals vor ihm sicher, denn er taucht auf und begegnet mir an den verschiedenartigsten Orten. Einmal traf ich ihn sogar in Kristiania in meinem eigenen Zimmer an; er war vor mir gekommen und stand da drinnen . . .

Aber ich will lieber von Anfang an erzählen.

Das erstemal begegnete ich ihm in Kopenhagen um Weihnachten 1879; ich wohnte irgendwo in Klareboden.

Eines Tages saß ich allein in meinem Zimmer – ich besinne mich genau darauf, daß ich dasaß und einige Noten abschreiben sollte und daß mir dies viel Kopfzerbrechen machte, da ich Noten gar nicht lesen kann –, da klopfte es an meine Tür, leicht, gedämpft, wie von einer Frauenhand. Ich rufe: Herein! und ein Mann tritt ein.

Ein Mann von etwa dreißig Jahren, bleich, mit düsterem Blick, schmalen Schultern, auffallend schmalen Schultern; er trug nur an einer Hand einen Handschuh. – In dem Augenblicke, da er hereintrat, nahm er den Hut ab, und seine schwarzen Augen ruhten unausgesetzt auf mir, während er auf mich zuging; ich saß noch und schrieb. Er entschuldigte sich, daß er bei mir

eingedrungen sei; er hätte mich ein paarmal in der Pension ein- und ausgehen gesehen, und es wäre ihm so vorgekommen, als seien wir alte Bekannte. Ob ich mich seiner nicht von Helsingör, vom Polizeiamt in Helsingör erinnerte?
Ich sei niemals in Helsingör gewesen, das müsse ein Irrtum sein . . . Nicht? Sollte es in Malmö gewesen sein? Je mehr er darüber nachdachte, desto deutlicher erinnerte er sich daran, daß es Malmö gewesen war, wo er mich getroffen hatte . . .
Aber ich war auch nicht in Malmö gewesen.
Er nannte noch einige Orte, und jedesmal, wenn ich verneinte, sagte er: Warten Sie ein wenig. Ich bin ganz sicher, Ihnen begegnet zu sein, ich kann mich nur nicht entsinnen, wo. Schließlich nannte er Kristiania, und ich gab halbwegs zu, daß wir uns dort vielleicht getroffen haben könnten. Er machte mich ganz unsicher, und ich konnte nicht dafür einstehen, daß ich ihm nicht wirklich einmal in Kristiania begegnet war.
Übrigens habe ich Ihnen nichts Besonderes zu sagen, meinte er, es fiel mir nur so ein, Sie als Landsmann und alten Bekannten zu begrüßen.
Wir sprachen noch eine Weile von ganz gleichgültigen Dingen, die mir nun aus dem Gedächtnis entschwunden sind. Ich entsinne mich nur: seine Worte waren oft so geartet, daß man sie in verschiedener Weise auffassen konnte, es

lag stets etwas dahinter, wie überhaupt der Mann auf mich einen geheimnisvollen Eindruck machte.

Als er sich erhob, um zu gehen, bat er noch einmal um Entschuldigung, daß er gekommen sei, und dann sagte er unter anderem:

Ich langweile mich sehr, ich habe nichts mehr zu tun. Ich bin sogar schon auf die Idee gekommen, dann und wann zum Zeitvertreib die Polizei zum besten zu halten; aber das ist allzu leicht, das beschäftigt mich nicht hinlänglich.

Er sah ganz ernst aus, als er das sagte; aber ich nahm es doch für Scherz.

An der Tür drehte er sich um, als sei ihm plötzlich etwas eingefallen, und lud mich für den Abend zu einer Spazierfahrt ein, ›der alten Bekanntschaft halber‹. Zuerst lehnte ich ab, ich weiß selbst nicht, warum; doch einen Augenblick später beschloß ich, mit ihm zu gehen. Das letzte, was er zu mir sagte, war, daß ich kein Geld mitnehmen solle. Man könne niemals vorsichtig genug sein, ich solle mein Geld bei dem Wirt hinterlegen, meinte er. Ich verstand ihn nicht recht, sagte aber ja darauf und versprach, ihn um fünf Uhr beim ›Pferd‹[1] zu erwarten.

Nachdem er mich verlassen hatte, dachte ich

[1] So nennt man in Kopenhagen das Denkmal Christians V. auf Kongens Nytow.

ein wenig über den Mann und seine Worte nach. Ich fand es sonderbar, daß er zu mir gekommen war. Und warum hatte er das von dem Geld gesagt? Ich wunderte mich anfangs ein wenig; schlug es mir dann aber bald aus dem Sinn; auf Reisen schließt man sich ja so leicht an, ein Fremder wird zum Kameraden und Freund in weniger als einer Stunde. – Um die festgesetzte Zeit war ich beim ›Pferd‹.

Das Wetter war mild, und die Wege waren so aufgeweicht, daß wir fahren mußten; wir hatten das Wagendeck hochgeschlagen und die Fenster geschlossen. Wir fuhren westwärts hinaus, am Ladegaard vorbei, den Rolighedsweg entlang und am Wasserwerk vorüber. Auf dieser ganzen langen Strecke hatten wir fast nicht miteinander gesprochen; der Wagen rasselte auch so fürchterlich. Als wir die Gröndalsbrücke passiert hatten und uns dem Utterslevfelde näherten, zog der Fremde ein Stück Tau aus der Tasche und begann damit zu spielen, indem er mich dabei unverwandt anstarrte. Es war ziemlich dunkel bei uns drinnen, aber ich sah ihn doch gut und sah auch, was er trieb. Wir saßen auf demselben Sitz im Wagen und beobachteten einander. Plötzlich sagte er:

Sie fürchten sich doch wohl nicht? Gleichzeitig hielt er mir das Tau gerade vors Gesicht.

Ich lachte und sagte mit zitternder Stimme: Nein, wovor soll ich mich fürchten?

Aber ich bebte vor Furcht und dachte daran, an der Glockenschnur zu ziehen, um den Kutscher zu rufen. Es irritierte mich auch, daß er mir das Tauende gerade vor die Augen hielt; ich erhob mich daher und setzte mich auf den Vordersitz.

So fuhren wir eine Strecke weiter. Einige Zeit später schlug er die Augen nieder und steckte das Tau langsam wieder in die Tasche. Es schien, als besänne er sich. Dann plötzlich richtete er sich auf, zeigte erregt durchs Wagenfenster und rief:

Sehen Sie – sehen Sie – dort!

Ich drehte unwillkürlich den Kopf herum – und fühlte im selben Augenblick einen kalten Griff an meinem Halse. Der Kerl stand halb aufgerichtet mir gegenüber und drückte mit seinen kalten Fingern meinen Hals zusammen. Ich weiß nicht, ob ich aufschrie, ich glaube es nicht; in diesem Augenblick ging nämlich eine Wandlung in mir vor. Es durchfuhr mich plötzlich der Gedanke, daß dieser Mensch mich nur erschrecken oder sich nur einen Scherz mit mir machen wollte; ich war mir ganz klar darüber, daß er mich nicht erdrosseln wollte. Ich wurde plötzlich wütend und stieß nach ihm. Er hielt aber fest. Ich griff tastend hinter mir nach der Glockenschnur, fand sie endlich und zog daran. Er hielt mich noch immer fest; er hörte gut, daß die Glocke klingelte, aber er ließ mich nicht los. Wir rangen eine Weile miteinander; er fand Zeit, mir die Wunde am Hals beizubringen, dicht beim rechten Ohr, seine Unverschämtheit überstieg alle Grenzen. Er brachte mir diese Wunde mit einem Nagel oder einem Korkenzieher bei, einem Gegenstand, mit dem er bohrte, und das tat ein wenig weh. Endlich konnte ich mich von ihm frei machen, indem ich ihn brutal mit Faustschlägen von mir stieß, wieder und wieder, wo ich nur hintraf. Da öffnete der Kutscher die Tür, und nun merkte ich erst, daß der Wagen stillstand.

Sollen wir umkehren? fragte der Kutscher. Verwirrt stieg ich aus dem Wagen aus. Mein Gefährte blieb ruhig, wie früher, drinnen sitzen.

Ja, wir wollen umkehren! erwiderte er.

Und *ich* werde zurück*gehen*, sagte ich; fahren Sie, wenn Sie wollen, zur Hölle mit dem Menschen!

Sie wollen zu Fuß gehen? sagte der Kutscher.

Der Fremde sagte nichts und sah mich auch nicht an. Da wurde ich ernstlich zornig, rief energisch dem Kutscher zu, weiterzufahren, sprang wieder in den Wagen und schlug wütend die Türe zu. Ich war sehr erregt und fühlte mich sehr stark, ganz außerordentlich stark.

Ich drängte mich unnötig nahe an meinen Gefährten heran, machte mich breit, um viel Platz einzunehmen und ihn in die Ecke zu drücken; ich stieß auch grob nach ihm mit dem Ellbogen,

als ich mich zurechtsetzte. Er ließ mich ruhig gewähren. Erst als wir wieder in die Stadt gekommen waren, sagte er lächelnd:
Werden Sie mich deshalb anzeigen?
Ich antwortete nicht.
Er legte seine beiden Füße auf meinen Hut, den ich abgenommen und auf den Vordersitz hingeworfen hatte, um aufrecht im Wagen sitzen zu können; er drückte seine Hacken fest auf den Hutkopf, und ich hörte es knacken. Ich war immer mehr überzeugt, daß er mir nur hatte Furcht einflößen wollen, und ich kam mir sehr gedemütigt vor.
Aber wenn Sie mich anzeigen wollen, fuhr er fort, müssen Sie es sogleich tun. Ach, ich bin ja längst fort, ehe man mich faßt! Ich versichere Sie, ich werde, vielleicht schon ehe der Tag graut, drüben in Schonen sein. Es hilft niemals etwas! Er sprach noch mehr davon, wie er in sehr kurzer Zeit fort sein würde; aber schließlich sagte er: Vielleicht rühre ich mich auch nicht von der Stelle; vielleicht werde ich sogar die Ehre haben, Sie morgen in der Östergarde zu grüßen.
Er sagte das nicht auf irgendeine prahlerische Weise, sondern mit leiser, ganz trauriger Stimme.
Ich antwortete, ich würde die Ehre haben, ihn vollständig zu übersehen, an ihm vorbeizugehen, als wäre er Luft, wenn ich ihn träfe, und ihn

zu Boden zu treten, wenn er jemals wieder in meine Nähe käme. Ich möchte nicht meinen Mund auftun, um Sie gehängt zu sehen, sagte ich, ich verachte Sie und will mich nicht damit beschmutzen, Sie zum Wagenfenster hinauszuwerfen! Das hätte ich ja übrigens nicht tun können, aber ich sagte es trotzdem, wie man solche Sachen zu sagen pflegt. Und er duldete es.

Beim ›Pferd‹ stiegen wir aus. Ich ging meines Weges, während er stehenblieb und den Kutscher bezahlte. Ich ging ohne Hut nach Hause ...

Das war das erstemal, daß ich ihn traf. Die Narbe der Wunde, die er mir damals beigebracht hat, ist noch heutigentags an meinem Halse zu sehen.

2

Drei oder vier Jahre später machte ich eine kleine Reise durch Deutschland; ich wollte damals von Hamburg nach Bremerhaven. Der Zug sollte in zehn Minuten abgehen, als ich zum Bahnhofe kam, so daß ich noch einige Zeit übrig hatte. Ich ging am Zug entlang, um einen guten Platz zu suchen, und kam fast bis zur Lokomotive. Da sehe ich einen Mann, der mir durch ein Wagenfenster winkt, und bemerke zu meinem großen Erstaunen, daß es mein

›alter Bekannter‹ von der Spazierfahrt in Kopenhagen ist, der Mann mit den schwarzen Augen. Ich erkannte ihn sogleich wieder.
Da durchfährt mich unwillkürlich ein Ruck, ich fühle mich äußerst unbehaglich berührt und gehe an seinem Abteil vorüber. Aber während ich weitergehe, fällt mir plötzlich ein, daß er vielleicht glauben könnte, ich hätte vor ihm Furcht. Da ich überdies um mehrere Jahre älter geworden war, wollte ich diesem interessanten Menschen nicht aus dem Wege gehen. Ich kehre daher um, so, als ob ich noch immer nach einem Platz im Zuge suche, und bleibe gleichgültig und wie zufällig vor seinem Abteil stehen. Ich öffne die Tür und steige ein ...
Das Abteil war leer. Außer ihm war niemand darin ...
Ich drängte mich an ihm vorbei, als ich einstieg, und er zog die Knie an sich, um mich vorüber zu lassen; dabei blickte er auf, als hätte er mich noch nie gesehen, und ich war doch davon überzeugt, daß er mir vor einigen Minuten gewinkt hatte. Ich nahm sogar unwillkürlich den Hut ab und nickte ihm leicht zu, er erwiderte aber nicht meinen Gruß.
Ich setzte mich in die Ecke. Ich war ärgerlich auf mich wegen dieses Nickens und stachelte mich auf, ihm gegenüber die auffälligste Gleichgültigkeit zur Schau zu tragen. Er schien seit damals nicht im geringsten gealtert, aber seine

Kleidung war völlig verändert. Damals war er hübsch, fast elegant gekleidet gewesen, jetzt dagegen trug er einen gewöhnlichen, hellen,groben Reiseanzug. Ein Lederkoffer stand gerade vor ihm auf dem gegenüber befindlichen Sitz.
Die Glocke läutet, und der Zug geht ab.
Ich setzte mich bequem zurecht und legte die Füße auf den Sitz. So saß ich vielleicht eine Viertelstunde. Ich tat, als sähe ich ihn gar nicht. Er schien in Gedanken versunken.
Dann zog er aus der Brusttasche ein Wachstuchfutteral heraus, entnahm demselben einige verrostete Eiseninstrumente, die er zu untersuchen begann. Es waren wunderlich gekrümmte Gegenstände, einzelne flach, andere rund, feine und grobe durcheinander. Ich sah, daß es eine Sammlung Dietriche war. Er verheimlichte auch nicht, was es war, im Gegenteil, er drehte die Instrumente in der Hand herum, als habe er bereits Schlösser vor sich; er versuchte auch, seinen eigenen Koffer mit einigen von ihnen zu öffnen. Es war, als hätte er mir absichtlich zeigen wollen, wozu die Haken gebraucht würden. Ich saß da und sah zu.
Aufgepaßt! dachte ich bei mir selbst, er verhöhnt dich offenbar; es steckt etwas dahinter, er will dich nur zu etwas verlocken! Es vergingen einige Minuten. Dann zog er aus der Brusttasche eine kleine, blanke Feile, mit der er die Dietriche putzte. Nachdem er sie blank

gefeilt hatte, legte er sie auf den Sitz neben sich hin. Man beachte genau, wie ich saß: mit den Beinen gegen ihn ausgestreckt auf seiner Bank; meine Schuhe berührten fast seinen Rock. Er saß immer noch da und feilte. Nach einer Weile legte er wie in Gedanken einen Dietrich, mit dem er gerade fertig geworden, auf meine Beine hin und nahm einen zweiten vor. Der Mensch legte seine Dietriche auf mich, und ich sitze da und sehe selbst zu! Ich rührte mich nicht und wartete, ob er es noch einmal tun würde. Und richtig, er legte einen zweiten und dritten Dietrich auf meine Beine, nachdem er sie gereinigt hatte; er behandelte mich ganz wie ein Kissen, das zum Abteil gehörte. Schließlich lagen vier oder sechs von diesen gebogenen Dingern in einer Reihe auf meinen Beinen.

Endlich stand ich auf, nicht plötzlich, aber gerade rasch genug, daß sie alle auf den Boden fielen, bevor er es hindern konnte. Ich war nur von dem einen Gedanken erfüllt: ihm seine Geringschätzung mit Gleichem zu vergelten.

Er sagte auch nichts, als die Dietriche zu Boden fielen; er sammelte sie schweigend, einen nach dem andern, wieder auf.

Im selben Augenblick kam der Schaffner. Ich beobachtete mit großem Erstaunen, daß mein Reisegefährte auch jetzt nicht einmal seine Sachen zu verbergen suchte; er ließ alles offen liegen, solange der Schaffner zugegen war, und erst als dieser gegangen war, schob er das Futteral mit seinem Inhalt in die Brusttasche zurück. Es war gerade, als hätte er auf diese Gelegenheit gewartet, um seine verdächtigen Instrumente recht offenkundig zeigen zu können. Nun fahren wir vielleicht eine halbe Stunde, wir passieren Stationen, halten an und fahren wieder weiter, mein Reisegefährte sitzt noch immer ganz stumm da. Ich benahm mich absichtlich so, als wenn ich ganz allein im Abteil gewesen wäre, ich streckte meine Beine wieder auf dem Sitz aus, gähnte laut und sang von Zeit zu Zeit, alles nur, um ihm meine furchtbare Gleichgültigkeit zu beweisen; aber er schien all das nicht zu bemerken. Ich zündete eine Zigarre an und warf das brennende Streichholz auf seine Hand. Ich warf es so rücksichtslos nach ihm hin, als säße niemand in seiner Ecke, und ich sah, daß es seine Hand traf, aber er machte nichts weiter als eine kleine Bewegung mit dem Munde; er verzog ein wenig die Lippen, als wollte er lächeln, sonst blieb er ruhig sitzen.

Als wir noch eine Weile so gefahren waren, blickte er plötzlich zum Wagenfenster hinaus, als wäre er in der Gegend bekannt, erhob sich schnell und faßte seinen Koffer bei dem einen Griff; so stand er einige Minuten, bis der Zug an einer kleinen Station anhielt. Dann verneigte er sich ironisch tief vor mir, ungeheuer tief, ohne mich anzusehen und ohne etwas zu sagen,

trat einen oder zwei Schritte zurück, verneigte sich wieder mit einem breiten Lächeln auf dem Munde und stieg aus. Er fand sogleich einen Träger für sein Gepäck und ging fort.
Er hatte während der ganzen Fahrt nicht mit mir gesprochen und mir nicht ins Gesicht gesehen.

3

Und wieder vergingen einige Jahre, drei Jahre, und ich traf ihn wieder in einer abgelegenen Gegend von Neu York, in einer Spielhölle.
Ich war vor ihm hingekommen und saß am Roulette, als er eintrat. Als der Diener kam, um ihm Hut und Mantel abzunehmen, schüttelte er ablehnend den Kopf. Bald darauf nahm er aber doch den Hut ab und behielt ihn in der Hand. Er ging geradewegs auf den Roulettetisch zu.
Man machte ihm Platz an dem Roulette, und er begann sogleich zu spielen. Mir schien es, als verfolge er meine Einsätze mit mehr Interesse als seine eigenen. Ich verlor die ganze Zeit. Ich spielte auf Schwarz und auf einer Doppelnummer, auf Schwarz und einer Doppelnummer, immerfort, ohne Unterbrechung. Und ich verlor jedesmal. Vielleicht war es dies, was ihn so interessierte.
Plötzlich rief er mir auf norwegisch quer über den Tisch zu:

Sehen Sie denn nicht, daß man Sie beschwindelt? Er riskierte, daß diese Worte auch von anderen als von mir verstanden würden, und in diesem Falle wäre es ihm sicherlich übel ergangen. Aber dennoch sagte er es, und zwar mit lauter Stimme, indem er mich dabei scharf ansah.

Ich tat, als hätte ich ihn nicht gehört, und spielte unverändert weiter, auf dieselbe Nummer und Farbe. Und ich verlor ebenso regelmäßig wie vorher. Mir war heiß geworden vor Zorn. Ich nahm mir vor, mich an den Croupier um Schutz zu wenden, falls er sich noch einmal in mein Spiel mischen würde. Ich war unmutig und erregt, denn daß ich wirklich betrogen wurde, sah ich selbst: der Croupier hielt einen Schlüssel in der Hand, mit dem er heimlich der Kugel folgte, wenn sie im Begriff war, stehenzubleiben, und es war mir bereits vor einiger Zeit der Gedanke gekommen, daß der Schlüssel ein Magnet sei. Und trotzdem spielte ich weiter und verlor.

Da sagte mein Fremder, zum Croupier gewandt: Wollen Sie nicht den Schlüssel in die Tasche stecken?

Er sprach kalt und bestimmt, und der Croupier gehorchte sofort; er erwiderte nur: Es ist der Kassenschlüssel, ich habe ihn nur der Bequemlichkeit wegen in der Hand.

Aber er gehorchte doch augenblicklich. Ich wurde wütend. Es ärgerte mich, daß er ihm gehorcht hatte; ich schob meine zehn letzten Marken auf Schwarz hin und ging wütend fort, ohne den Ausfall des Satzes abzuwarten.

4

Dann traf ich meinen Mann erst wieder im vorigen Winter in Kristiania. Ich wohnte damals bei St. Hanshaugen in einem Zimmer hoch oben im dritten Stock. Als ich eines Tages nach dem Mittagessen aus dem Speisezimmer hereinkomme, steht mein geheimnisvoller Bekannter mitten in meinem Zimmer; der Schlüssel zur Tür steckte von außen, und daher war er ohne weiteres hineingegangen. Er hält mir die flache Hand hin und bittet mich um sechzehn Kronen – sechzehn Kronen –, dankt, dankt zweimal tief und geht zur Tür. Hier bleibt er stehen und sagt:

Du lieber Gott, wie dumm Sie sind!

Das sagte er, der Tür zugewandt, in äußerst verächtlichem Tone.

Nun erfaßt mich meine alte Erbitterung, und ich mache ein paar Schritte auf ihn zu. Eben als er im Begriffe ist, die Tür zu öffnen und zu verschwinden, kann ich mich nicht enthalten, zu sagen:

Halt! Sie haben bei mir doch wohl nichts gestohlen?

Ich sagte das in der Absicht, ihn zu verletzen;

ich glaubte selbst gar nicht, daß er etwas genommen hatte, aber ich wollte ihn demütigen.
Meine Worte übten auf ihn keine peinliche Wirkung aus, er wurde auch nicht zornig, was ich sagte, berührte ihn nicht sehr, er drehte sich nur nach mir um und sagte erstaunt: Gestohlen?
Dann setzte er sich ohne weiteres auf einen Stuhl, öffnete den Rock und zog aus der Brusttasche zuerst einige Papiere, darunter einen Fahrplan, hervor, dann ein kleines rotes Notizbuch voller Geld, ganz mit Papiergeld vollgestopft, es waren vielleicht mehrere hundert Kronen, und er hielt mir das Geld hin.
Was könnte ich bei Ihnen wohl stehlen? sagte er und lächelte.
Ich war wieder überwunden. Dieser Mensch war mir in allem überlegen und beschämte mich bei jeder Gelegenheit. Als er aufstand und ging, tat ich nichts dawider, ich machte nicht einmal den Mund auf, um ihn zurückzuhalten. Ich ließ ihn gehen. Erst als ich seine Tritte weit unten auf der Treppe hörte, ein paar Stockwerke tiefer, fiel mir ein, irgend etwas zu tun. Ich öffnete heftig die Tür hinter ihm und schlug sie wütend wieder zu, so daß es durch das ganze Haus dröhnte. Das war alles, was ich unternahm. Meine sechzehn Kronen hatte er in seiner Verachtung für mich einfach liegenlassen. Ich fand sie auf dem Stuhl, auf dem er gesessen hatte.

Und empört und gedemütigt, wie ich war, ließ ich sie mehrere Tage liegen, weil ich hoffte, daß er wiederkommen würde; er sollte dann sehen, daß ich sie nicht eingesteckt hatte.
Nachträglich hörte ich, daß er auch bei meinen Wirtsleuten gewesen sei und sich dort sehr seltsam benommen habe. Mein Wirt, der Schutzmann war, erklärte, er habe nichts mit ihm zu tun haben wollen und hätte von ihm den Eindruck empfangen, daß er ein wenig verrückt sei. Unter anderem hatte der aufdringliche Fremde eine antike holländische Kaffeekanne aus Messing kaufen wollen, die auf dem Herde stand, und er hatte sich damit nicht zufriedengeben wollen, daß man die Erfüllung seines Wunsches ablehnte.

Das sind die zerstreuten Züge aus der Geschichte meines Zusammentreffens mit einem eigentümlichen Menschen. In letzter Zeit habe ich gelernt, ohne Groll an ihn zu denken; er interessiert mich sehr; ich bin darauf gefaßt, ihm noch einmal zu begegnen. Mir ist ein Licht aufgegangen, ich glaube, sein Wesen ein wenig zu verstehen und auch sein törichtes Benehmen. Ich bin nämlich vor wenigen Monaten einer anderen Person begegnet, einer dreißigjährigen Frau, die mir einiges von sich erzählte, was mich auf die Spur brachte. Sie hatte sich einmal ein Vergehen zuschulden kommen lassen, das ihr eine Gefängnisstrafe von einigen Tagen eingebracht haben würde, und dieser Umstand hatte ihren Geist ganz verwirrt. Nicht aus Gewissensbissen, nicht aus Reue über die kleine Schuld, sondern infolge eines unerklärlichen Verlangens, dafür gefaßt zu werden. Sie hatte eine Zeitlang sogar den Verdacht, die Tat begangen zu haben, selbst auf sich gelenkt, ohne daß dies zur Entdeckung des Sachverhaltes geführt hätte. Ihr Glück machte sie unvorsichtig und waghalsig; es verdroß sie, niemals erwischt zu werden, obgleich sie selbst alles dazu tat. Sie ließ nichts unversucht, um die Leute auf die richtige Spur zu lenken. Aber all das half nichts; es fiel niemand ein, sie anzuzeigen.

Die näheren Umstände ihrer Erzählung veranlaßten mich, an meinen geheimnisvollen Bekannten zu denken, den Mann mit den schwarzen Augen. Er hatte unzweifelhaft wieder und wieder gehofft, daß er durch sein Benehmen mich dazu bringen würde, ihn bei der Polizei anzuzeigen. Und er hatte es nicht erreicht.

Eine überlegene Persönlichkeit, aber eine gezeichnete und seltsam verwirrte Seele. Ein Mensch in psychischer Qual, der vielleicht darunter leidet, daß ein Geheimnis, das ihn ins Verderben bringen könnte, niemals offenbart wird.

Pariser Skizzen

1

Schönheit und Kraft umgibt mich, ein glänzendes und tolles Leben stürmt an mir vorbei. Dieses Volk ist ein Volk von Fackelträgern. Bei dem geringsten Anlaß kommt es in Stimmung, brennt Raketen ab und streut Funken um sich.

Alles ist hier miteinander vermischt: Laster, Korruption, Schönheit und Kraft. Inmitten der Rhythmen der großen Architektur und Kunst erklingt der falscheste Gesang und die naivste Musik. Welche Leierkasten und welche Gassensänger in Paris! Und kein wirklich großer Komponist zeigt sich in der ganzen französischen Geschichte. Die Leute auf der Straße pfeifen oft einen Marsch, aber sie selber marschieren nicht im Takt dazu. Wenn die Nationalgarde, die Versailles-Truppe durch die Stadt marschieren, könnte man über ihr Schritthalten weinen. Man kann sogar die Marseillaise im Auslande besser spielen hören als in Paris.

Aber diese Leute summen, singen und spielen gerne. Die Freude und das Leben berauscht sie und hebt sie hoch in die Lüfte. Man ruft einander auf den Straßen zu, schreit die Pferde an und knallt mit den langen Peitschen. Und neben ihrer Überlegenheit, ihrer Geringachtung für alles Fremde geht ihre kindliche Neugier einher. Treffen sie einen Chinesen oder auch nur einen Araber auf der Straße, so drehen sie sich nach ihm um und stehen und gaffen. In San Franzisko dreht man sich nicht einmal nach einem Wilden um, der einen Ring in der Nase trägt.

2

Sie kommen wie lustige Tänzer daher, wie das jüngste und keckste Volk der Welt. Und selten, sehr selten, gewahrt man eine Verletzung der Form. Sie haben alte Kultur im Blut, sie vermeiden es gern, roh zu werden, sie verstehen, im Gleichgewicht zu bleiben. Wie die meisten Aristokraten sind sie konservativ; sie versiegeln noch heutzutage ihre Briefe mit Oblaten und benutzen Streichhölzer, deren schrecklicher Schwefelgestank nur von jenem der amerikanischen Schwefelhölzer übertroffen wird. Ihre Vergangenheit ist groß, und sie leben von ihr; ein General in Uniform wird ihnen zum Gott, und sie seufzen nach der monarchischen Pracht. Die Boten in den Ministerien tragen noch jetzt einen Zweispitz.

Mein Herr! – Mein Herr!

Vor meinem Hotel sitzt eines Abends der Küchenjunge, der das Geschirr aufwäscht, und einer der Köche. Sie sitzen und plaudern zu-

sammen nach beendetem Tagewerk. Dann steht der Küchenjunge auf und sagt:
Gute Nacht, mein Herr!
Und der Koch antwortet:
Gute Nacht, mein Herr!
Die Form wird nie vergessen ...
Eines Tages bekam jemand einen Brief. Es war die Antwort auf die Bitte um ein Stelldichein. Die junge Dame war unlängst Witwe geworden, sie trug noch Trauer und schrieb auf schwarzgerändertem Papier. Aber sie versprach, zu dem Stelldichein zu kommen.
Ich weiß, daß es wahr ist. Ich *sah* den schwarzgeränderten Brief.

3

Jemand erzählt:
Es ist morgens um fünf! Ich bin bereits auf, weil ich die ganze Nacht nicht geschlafen habe. Ich fühle mich arm und verlassen; mir fehlt nichts, aber ich habe einen Brief erhalten, und der hat mich so tieftraurig gemacht.
Ich gehe aus, auf die Straße hinunter, und schlendere in eine Kutscherkneipe hinein. Ich verlange Kaffee und Kognak. Da sitzen bereits die Kutscher und bekommen ihr erstes kleines Frühstück, fünf Kutscher, die essen und laut reden.
Ich sitze da und halte eine Photographie in der

Hand, ich betrachte sie und lese unzählige Male die paar Worte, die auf der Rückseite stehen. Ich bin gebeten worden die Photographie zu verbrennen; aber ich habe sie heute nacht nicht verbrannt. Ich reiche sie dem Kutscher neben mir hin, und er besieht sie, lächelt und sagt, ich hätte einen guten Geschmack.

Sie irren gewiß, sagte ich, das ist meine Braut.

Da lobt er mich noch eifriger wegen meines guten Geschmacks.

Er reicht das Bild seinen Kameraden hin und wiederholt ihnen, daß es meine Braut sei. Alle bewundern das Bild und freuen sich darüber und reden laut und lächeln dazu.

Das heißt, es ist nicht mehr meine Braut, bekenne ich. Ich bekam gestern abend ihren Abschiedsbrief. Ich habe ihn hier, hier steht ihr Lebewohl!

Ich zeige den Brief und sage ihnen, wie die Sache steht, daß sie eben nicht mehr will. Die Kutscher können die Sprache nicht lesen, in der dieser Brief geschrieben ist, aber da ich ihnen die schlimme Stelle zeige, nicken sie und werden um meinetwillen ernst gestimmt.

Wir trinken zusammen.

Es ist jetzt etwas über fünf. Eine Gesellschaft Herren und Damen strömt lachend herein. Die neuen Gäste kommen wohl von einer festlichen Gelegenheit, so früh am Morgen, denn sie sind im Ballanzug, sehen verwacht und blaß aus, sind

aber voll sprudelnder Lustigkeit. Auch sie haben den Einfall gehabt, in dieser Kutscherkneipe einzukehren; sie bestellen Kaffee und Kognak. Und die Kutscher reichen auch der fremden Gesellschaft die Photographie hin und erklären, wie der Fall mit mir zusammenhängt. Alle sehen mich teilnahmsvoll an, ein großes junges Mädchen blickt träumerisch drein.
Ich trinke noch einen Kaffee um des Kognaks willen, und die Kutscher trinken auch mehrmals mit mir. Die fremde Gesellschaft nimmt ebenfalls daran teil, nickt und erhebt ihre Gläser.
Plötzlich kommt das große junge Mädchen auf mich zu, nimmt zwei Rosen, die sie im Gürtel trägt, und reicht sie mir. Die andern sitzen da und sehen zu. Ich stehe auf und bedanke mich verwirrt. Sie schlingt die Hände um meinen Kopf, küßt mich auf den Mund und geht zu ihrem Platz zurück.
Alle murmeln beifällig.
Die Rosen hatte sie die ganze Nacht mit sich herumgetragen, und sie waren daher schon etwas welk, aber noch groß und dunkelrot. Ich wollte sie an meinem Rock feststecken und suche nach einer Nadel. Einer reicht mir sofort eine Nadel. Alle wollen mir helfen und mir gefällig sein. Die Stimmung hat diese Menschen mitgerissen. Ein Kutscher fragt, wo ich wohne, und erbietet sich, mich umsonst nach Hause

zu fahren. Als ich dafür die ganze Zeche bezahlen will, protestieren sie, fechten mit den Armen herum, sind ganz gerührt, begleiten mich hinaus und sagen mir adieu, solange sie mich sehen können:
Guten Morgen, mein Herr! Danke, mein Herr!

4

Ein Mann steht an der Ecke des Boulevard St. Michel und der Rue de Vaugierard. Er ist lahm. Er verkauft Bleistifte. Dieser Mann preist seine Ware nicht an, er sagt kein Wort, obschon er gern ein Geschäft machen will. Da kaufe ich ihm eines Morgens einen Bleistift ab; er sagt auch jetzt kein Wort, außer seinem gewöhnlichen:
Danke, mein Herr!
Am nächsten Morgen kaufe ich wieder einen Bleistift.
Danke, mein Herr!
Nun kaufe ich jeden Morgen hintereinander, jeden Tag einen Bleistift. Der Mann hatte sich so an mich gewöhnt, daß er mir den Bleistift schon entgegenstreckte, wenn er mich kommen sah, ja, er nahm sich sogar die Mühe, mir den besten auszusuchen, den er gerade hatte. Aber er sagte nichts weiter zu mir als:
Danke, mein Herr!
Endlich eines Tages sagte er:

Es freut mich, mein Herr, daß Sie einen Bleistift gefunden haben, der Ihnen zusagt.
Da hatte ich zwanzig Bleistifte von ihm gekauft.

5

Ich sitze eines Abends in einem großen Restaurant und sehe mir illustrierte Blätter an. Plötzlich geht die Tür auf, und eine Dame kommt ins Lokal. Sie bleibt einen Augenblick mitten im Raume stehen und sieht sich um. Sie ist außerordentlich schön, wirklich außerordentlich schön, aber sie hat das rotgefärbte Haar der Demimonde, und ihr Benehmen hat etwas Hochmütiges.
Sie dreht sich nach mir herum und sagt:
Seien Sie so liebenswürdig, hinauszugehen und meinen Wagen zu bezahlen!
Ich sitze ihr keineswegs zunächst, aber sie wendet sich an mich. Ich beiße mir auf die Lippe, rufe den Kellner und sage ihm:
Gehen Sie hinaus und bezahlen Sie den Wagen der Dame!
Dabei werfe ich ihm ein Zwanzigfrankstück hin.
Die Dame mustert mich neugierig und erstaunt. Ich setze mich ohne weiteres wieder zurecht, sehe meine illustrierten Blätter an und freue mich königlich, daß ich der Dame eine Lektion erteilt habe.

Sie nimmt an einem andern Tische Platz. Der Kellner kommt wieder herein, übergibt ihr das Geld, das er zurückbekommen hat, erhält einen Franc Trinkgeld, verneigt sich und geht. Der Rest des Geldes bleibt vor ihr liegen.
Da tritt ein Herr ins Lokal, den sie kennt, und sie winkt ihn zu sich. Sie reden miteinander, sie erzählt ihm von der Unhöflichkeit, die ich begangen, indem ich den Kellner hinausschickte, zeigt auf die Geldstücke, die auf dem Tisch liegen, schüttelt den Kopf und zuckt die Achseln.
Der Herr schickt einen Kellner zu mir mit einem Zwanzigfrankstück; ich nehme es mit angemessener Ruhe in Empfang und stecke es in die Westentasche.
Da kommt die Dame wieder zu mir herüber. Meine Beharrlichkeit reizt sie, sie will das letzte Wort haben.
Haben Sie Ihr Geld wiedererhalten? fragte sie.
Ja, danke, erwidere ich verwundert.
Ich hatte nämlich von dem Herrn einen Louisd'or geliehen, sagt sie zu meinem Nachbarn. Und sie erklärt wieder, wie ich mich dann verhalten habe und daß ich den Kellner hinausgeschickt hätte. Sie wendet sich an immer mehr Leute, ich habe sie offenbar tief gekränkt, und sie sucht der Reihe nach an immer mehr Tischen im Saal Teilnahme. Man beginnt überall von dem Vorfall zu sprechen. Ich höre das

Wort Ausländer; alle nehmen Partei für die Dame.

Während all dies geschieht, kann ich mich nur stumm verhalten. Sollte ich mit meinem armseligen Dutzend französischer Worte versuchen, mich zu rechtfertigen? Ich würde mich lächerlich machen und riskieren, hinausgeworfen zu werden. Ich höre das Ganze also stillschweigend an.

Werft ihn hinaus! ruft es auf einmal hinten aus dem Saal.

Werft ihn hinaus! tönt es von vorn zurück.

Ich winke den Kellner zu mir und bezahle.

Nachdem dies geschehen ist, bleibe ich ruhig sitzen. Rings um mich werden die Reden immer erregter.

In diesem Moment geht die Tür wiederum auf, und ein Herr, den ich kenne, tritt ein. Es ist Doktor Goldmann, der Korrespondent der ›Frankfurter Zeitung‹. Er setzt sich an meinen Tisch und will wissen, was da los ist. Ich erkläre ihm mit einigen kurzen Worten die Situation, und er teilt mir mit, die Dame sei die bekannte Mademoiselle G. Und er geht zu ihr hinüber und spricht mit dem Hut in der Hand einige verbindliche Worte.

Auf der Stelle läßt der Sturm nach. Der Doktor und ich trinken zusammen ein Glas; die Umhersitzenden beginnen mich wohlwollend zu betrachten. Ein Herr fragt den Doktor:

Was für ein Landsmann ist Ihr Freund?
Und der Doktor antwortet:
Ein Russe!
Ein Russe – ein Russe! flüstert es allenthalben im Saale. Ich bin gerettet.
Bevor ich das Restaurant verließ, hatte ich von Mademoiselle G. ein Veilchensträußchen erhalten.
Ein paar Wochen später wurde ich in einem Schießpavillon als »Russe« wiedererkannt. Und obwohl ich jämmerlich schoß, murmelte man laut Beifall, wenn ich hier und da so glücklich war, wenigstens die Scheibe zu treffen.

6

Où est la femme?
Überall. In der Geschichte dieses Volkes, im Herzen jedes Mannes, in ihrer Literatur. Ach, diese langweilige und altmodische Literatur, in der in unseren Tagen sogar noch ein so wenig ursprüngliches Talent wie Marcel Prévost etwas bedeutet. Es geht zurück damit. Einmal, in einem kritischen Augenblick, war der Heerführer dieses Volkes eine Frau. Die Truppen gehorchten ihr, und sie siegte. Auch jetzt wird das Volk vom Weibe geleitet, sie sitzt hoch zu Roß und herrscht über alle. Und das Pferd bäumt sich und tritt rückwärts, das Volk folgt und geht gleichfalls rückwärts, rückwärts. Ver-

gebens setzt man Prämien aus auf Kindergeburten, vergebens arbeitet ein Senator Bérenger gegen den Verfall der Sitten; der Absinth und das Laster siegen. Die alten Anschauungen werden vollständig um- und umgekehrt, man kennt kein Maß mehr und nichts, nichts ist Schande. Schon während der großen Revolution änderten sich die Begriffe offizell. Das Gesetz verbot, schwangere Weiber hinzurichten, und arme Frauen wie vornehme Damen gaben sich in den Gefängnissen und in den Gängen der Gefängnisse ohne weiteres hin, um von irgendeinem schwanger zu werden.

In unzähligen Schanklokalen servieren junge Mädchen. Der Beruf dieser Mädchen besteht jedoch vornehmlich darin, sich auf der Straße aufzuhalten und Herren mit sich ins Haus zu locken. Am Sonntag kommt dann die Mutter des jungen Mädchens und besucht ihre Tochter; sie ist stolz auf ihr Kind, das so viel Geld verdient, und geht mit ihr spazieren. Und ihr Bruder, der Soldat ist, benutzt seine freie Zeit, um seiner Schwester einen Besuch abzustatten. Er trifft sie mit einem Offizier zusammen, seinem eigenen Leutnant oder Hauptmann, und der junge Soldat grüßt, ungeheuer geschmeichelt, seinen Vorgesetzten und denkt: welch *feine* Dirne meine Schwester doch geworden ist; sie trägt seidene Kleider und Lackschuhe und verkehrt mit meinem eigenen Leutnant!

Drei Jahre lang habe ich das ganz in meiner Nähe beobachten können.
Im Quartier Latin sieht man nicht selten junge Mädchen, die Geliebten der Studenten, mit ihren Säuglingen auf dem Arm in die Kneipe kommen. Und niemand, niemand nimmt daran Ärgernis, im Gegenteil, alle machen ihnen ehrerbietig Platz. Es ist vielleicht ein schöner Brauch und zeugt von einer höheren Denkweise. Aber die Begriffe von früher sind auf den Kopf gestellt.
An einem prächtigen Sommerabend sah ich ein Bild: ein Paar, das aus einem Restaurant kam. Der Herr, ein Offizier, torkelte und war sehr vergnügt, seine Uniform war in Unordnung; den Säbel trug er an der rechten Seite. Ach, der französische Offizier! Sein Mädchen hatte mit ihm dort im Restaurant gesessen und ihm im Übermut die Knöpfe von der Uniform abgeschnitten und ihm den Säbel auf die rechte Seite geschnallt. Nun geht er singend und taumelnd in diesem Zustand auf die Straße. Und niemand nimmt daran Ärgernis.
An der Ausrüstung des französischen Heeres fehlt ja kein Knopf – sagte man nicht einstmals so?
Où est la femme? Überall. Bisweilen müssen diese Leute, um mitten in all dem Weiberspektakel wenigstens Ruhe zum Essen zu bekommen, bestimmte Maßregeln treffen: in mehreren

großen Speiseetablissements, den sogenannten *Bouillons,* müssen die Kellnerinnen, um engagiert zu werden, ein Zeugnis vorlegen, daß sie älter als dreißig Jahre sind. Man nimmt an – übrigens irrigerweise –, daß sie in diesem Alter den Gästen gegenüber und die Gäste ihnen gegenüber sich ruhiger verhalten.

7

Souper bei der Kokotte Mademoiselle F.
Die Mutter der Kokotte stammt aus der Normandie und hat die weite Reise nach Paris unternommen, um ihre Tochter zu besuchen. Diese möchte ihrer Mutter gern alle möglichen Aufmerksamkeiten erweisen und gleichzeitig ihr gegenüber mit ihren feinen Bekanntschaften prahlen; sie lädt sie also zum Souper ein.
Es waren acht bis zehn Gäste da, darunter ein Monsieur R., der Mademoiselles Liebhaber war und als sehr reich galt.
Mademoiselle flüsterte während der Mahlzeit ihrem Kavalier zur Rechten zu:
Nehmen Sie sich ein wenig meiner Mutter an!
Aber die vierzig Jahre alte Frau hat sich schon selbst zurechtgefunden, sie flüstert und zischelt mit ihrem Nachbarn, dem Liebhaber der Tochter. Es dauert nicht lange, so beginnen das gute Essen und der Wein ihre Wirkung zu tun, und sie spricht laut aus, daß sie es in Paris herrlich

finde. Sie hat einen breiten Mund und eine aufgestülpte Nase, ein richtiges Dirnengesicht. Sie wird immer lustiger, sie legt es stark auf Monsieur R. an, klopft ihm auf den Schenkel, lehnt sich an ihn und ruft zur Tochter hinüber, die am Ende der Tafel sitzt: Bilde dir nur nicht ein, daß du mich etwas lehren kannst!
Hierauf bemerkt Monsieur R. nachsichtig und höflich:
Nein, Madame, sicher, Sie können noch manche Junge ausstechen!
Nun wird die Tochter eifersüchtig. Man konnte beobachten, daß sie Monsieur R. auf anständige Weise von ihrer Mutter befreien wollte; als ihr dieses nicht glückt, da Monsieur im Gegenteil an der Kurmacherei der Alten Spaß findet, wird Mademoiselle wütend und schreit ganz bleich:
Daß du dich nicht schämst, Mama!
Aber Mama schämte sich nicht; nein, gerade das tat sie nicht. Die kräftige Bauersfrau kommt vom Lande herein, von weit droben in der Normandie, und wird plötzlich wieder jung. Sie ruft unter lautem Lachen ihrer Tochter zu:
Denke dir, Emilienne, er bietet mir einen Louisd'or. Ein Louisd'or ist viel Geld. Dein Freund muß sehr reich sein!
Die Tochter vermag sich nicht mehr zu beherrschen. Sie ist leichenblaß vor Eifersucht und erwidert:
Macht, daß ihr fortkommt, alle beide! Hinaus

aus dem Hause! Damit springt sie in die Höhe und hebt die Tafel auf.
Monsieur R. versuchte sie wieder zu versöhnen, sie sprachen leise in einer Ecke. Und die Tochter beruhigt sich auch und scheint zu verzeihen.
Aber ein Weilchen später haben Monsieur R. und die Bauersfrau sich doch wieder gefunden. Sie warteten nicht einmal ab, bis die übrigen Gäste aufbrachen, sondern verließen in der Stille den Salon.
Und dann bekam unsere Gastgeberin plötzlich Kopfschmerzen, die sie nötigten, sogleich ihre Sachen überzuwerfen und fortzufahren – zu einem Arzt . . .

Laster, Korruption und Schönheit und Kraft.

DIE 6-MARK-BÜCHER

MARCEL PRÉVOST

Ratschläge für Junggesellen und Verlobte

Die besten „Simplicissimus"-Witze

MAX DAUTHENDEY

Die acht Gesichter am Biwasee

ALEXANDER SOLSCHENIZYN

Ein Tag im Leben
des Iwan Denissowitsch

RICHARD von VOLKMANN-LEANDER

Träumereien an französischen Kaminen

ELLEN FECHNER

Meine Frau Teresa